Présence du Futur/369
Toutes vos étoiles en poche

La vie, l'univers et le reste

DOUGLAS ADAMS

La vie,
l'univers
et
le reste

roman
traduit de l'anglais
par Jean Bonnefoy

DENOËL

Titre original :

LIFE, THE UNIVERSE AND EVERYTHING
(Pan Books, Londres)

© by Douglas Adams, 1982.
ISBN 0-330-26738-8
Et pour la traduction française :
© by Éditions Denoël, 1983
9, rue du Cherche-Midi, 75006 Paris
ISBN : 2-207-30369-1
B 30369-5

à Sally

La vie, l'univers et le reste* forme la suite directe du *Dernier Restaurant avant la Fin du Monde* et du *Guide galactique,* tous deux parus dans cette même collection.

Ce roman est librement adapté des épisodes du feuilleton radiophonique *Le Guide galactique,* diffusé par la B.B.C. les 5 et 12 avril 1978, 24 décembre 1978 et 21, 22, 23, 24, 25 janvier 1980. *(N.d.T.)*

Chapitre 1.

Un grand cri d'horreur jaillit dans l'aube naissante : c'était, comme tous les matins, l'éveil d'un Arthur Accroc prenant soudain conscience de l'endroit où il se trouvait.

Et ce n'était pas simplement parce que la caverne était froide ; qu'elle était humide ; et qu'elle puait. C'était surtout parce qu'elle était sise au beau milieu d'Islington et que le prochain bus ne passerait pas avant un bon million d'années.

Le temps : voilà bien le pire coin où aller s'enterrer — si l'on peut dire — comme pouvait en témoigner Arthur Accroc, lui qui avait eu maintes fois l'occasion de se perdre tant dans le temps que dans l'espace.

Mais au moins, se perdre dans l'espace, ça vous tenait occupé.

S'il avait échoué en pleine préhistoire, c'était à la suite d'une complexe séquence d'événements qui l'avaient amené à se faire alternativement et successivement insulter et tabasser dans les régions les plus bizarres de la Galaxie dont il ait jamais osé rêvé et bien qu'à présent l'existence fût devenue très, très, très tranquille, il se sentait encore légèrement à cran.

Cela faisait déjà cinq ans qu'on ne lui avait pas foutu sur la gueule.

Comme il n'avait pratiquement vu personne depuis que Ford Escort et lui s'étaient séparés quatre ans auparavant, on ne l'avait pas non plus insulté depuis ce moment.

Sauf une fois.

La chose s'était produite par un beau soir de printemps, deux ans plus tôt.

Il s'en retournait vers sa caverne à la nuit tombée lorsqu'il avait aperçu des lumières qui clignotaient, spectrales, derrière les nuages. Il s'était alors tourné, les yeux écarquillés, le cœur soudain défaillant d'espoir. Des secours ! La fuite ! L'impossible rêve de tout naufragé : un vaisseau.

Et tandis qu'il regardait, devant ses yeux aussi étonnés qu'incrédules, un long vaisseau argenté descendit dans l'air tiède du soir, tout doucement, sans faire de bruit, et déplia ses fines jambes arachnéennes en un élégant ballet de technologie.

L'appareil atterrit avec légèreté et son bourdonnement à peine perceptible se tut, comme apaisé, pour ne pas troubler le calme vespéral.

Une rampe se déplia.

La lumière jaillit.

L'ombre d'une silhouette de haute taille s'encadra dans le sas. L'individu descendit la rampe, s'arrêta devant Arthur et dit ces simples mots :

« Vous êtes un ringard, Accroc ! »

C'était bizarre ; très bizarre. Tout comme étaient bizarres la particulière étrangeté de sa haute taille ; la particulière étrangeté de son crâne aplati ; l'étrangeté de ses petits yeux fendus ; ou son extravagante toge de drapé doré au col à la coupe particulièrement étrange ; sans parler de l'étrangeté de son teint d'un gris-vert pâle avec cet éclat lustré que la plupart des visages (gris-vert) pâles ne peuvent acquérir qu'à force d'exercice et par l'usage intensif des savons les plus ruineux.

Arthur considéra l'individu les yeux ronds.

L'individu considéra Arthur d'un regard égal.

Chez Arthur, l'impression première d'espoir et d'allégresse avait instantanément laissé place à l'étonnement et toutes sortes de pensées se bousculaient en ce moment pour s'emparer de ses cordes vocales.

« Euh ? dit-il.

« Ben... m'enfin..., ajouta-t-il.

« Re... ra... que... qui ? » parvint-il enfin à articuler avant de retomber dans un silence frénétique.

Il ressentait les effets de n'avoir plus ouvert la bouche d'aussi longtemps qu'il pût s'en souvenir.

L'étrange créature étrangère esquissa un froncement de sourcils puis consulta un calepin qu'elle tenait dans sa main fine et grêle.

« Arthur Accroc ? » demanda l'être.

Arthur opina, impuissant.

« Arthur *Martin* Accroc ? poursuivit l'étranger avec une sorte de jappement bref.

— Euh... euh... ben... oui... enfin... euh, confirma Arthur.

— Vous êtes un ringard, répéta l'étranger ; un vrai trou du cul.

— Euh... »

La créature opina du bonnet, cocha d'une manière particulièrement étrange une ligne sur son calepin puis s'en retourna d'un pas décidé vers son astronef.

« Euh », fit Arthur sur un ton désespéré, « euh...

— M'en parlez pas », rétorqua l'étranger, coupant. Il remonta la rampe, franchit le sas et disparut dans les entrailles du vaisseau qui se reverrouilla et se remit à émettre un sourd bourdonnement pulsant.

« Euh... eh ! » s'écria Arthur qui s'était bien vainement mis à courir vers l'engin. « Attendez une minute ! Qu'est-ce que c'est ? Enfin quoi ! Attendez une minute ! »

Le vaisseau s'éleva — on eût dit qu'il laissait glisser au sol son poids comme s'il se défaisait d'une toge — et resta quelques instants à planer, immobile. Puis il bondit, très étrangement, dans le crépuscule, transperça les nuages qu'il illumina d'une lueur fugitive pour disparaître enfin, laissant Arthur, tout seul dans l'immensité déserte, et dansant vainement sa petite gigue dérisoire.

« Quoi ? glapissait-il. Quoi ? Quoi ? Hein, quoi ? Revenez un peu me dire ça ! » Il sauta et dansa jusqu'à en avoir des tremblements dans les jambes et continua de hurler jusqu'à ce que les poumons lui brûlent. Nulle réponse ne lui parvint. Il n'y avait personne pour l'entendre ou lui parler.

Le vaisseau étranger vrombissait déjà vers les couches supérieures de l'atmosphère, fonçant vers ce vide terrifiant qui sépare les très rares objets à flotter dans l'univers.

Son occupant, l'étranger au teint si coûteux, était allongé dans l'unique couchette de l'appareil. L'être répondait au nom de Sam Ghônfl l'Indéfiniment Prolongé. C'était un homme de décision. Pas une très bonne décision, certes, et il aurait été tout le premier à l'admettre mais enfin, c'était toujours une décision de prise, et ça lui donnait au moins une occupation.

Sam Ghônfl l'Indéfiniment Prolongé faisait — pour être exact, il *fait* — partie du très petit nombre de créatures immortelles à peupler l'univers.

Tous les immortels de naissance savent d'instinct comment s'en acommoder mais Sam Ghônfl n'était pas de ceux-là. Pour tout dire, il en était même venu à les détester, ce ramassis de salauds trop sereins. L'immortalité lui était tombée dessus par inadvertance, à la suite d'un malencontreux concours de circonstances mettant en jeu un accélérateur de particules irrationnelles, une collation liquide et une paire d'élastiques. Les détails précis de l'accident sont sans importance car jamais personne n'est parvenu depuis à reproduire les circonstances exactes de son déroulement et nombreux sont ceux qui à s'y essayer ont fini ridiculisés ou morts, voire les deux.

Sam Ghônfl ferma les yeux, l'air sinistre et las, se mit un morceau de jazz léger sur la stéréo de bord et songea qu'il aurait sans doute pu s'y faire, s'il n'y avait eu les dimanches après-midi... oui, il aurait pu s'y faire.

Au début, ça avait été le pied, il s'était bien éclaté, vivant dangereusement, prenant plein de risques, mettant le grappin sur de juteux investissements à long terme, bref, on pouvait dire qu'il enterrait absolument tout le monde.

Sur la fin, c'étaient les dimanches après-midi qu'il avait commencé à ne plus encaisser, avec ce terrible désœuvrement qui vous saisit sur le coup des quatorze heures cinquante-cinq, quand vous savez que vous avez déjà pris tous les bains que vous pouviez prendre ce jour-là, quand vous savez que vous aurez beau vous écorcher les yeux sur les articles du journal, quels qu'ils soient, vous n'arriverez jamais à les lire vraiment, ni à appliquer cette révolutionnaire nouvelle technique de taille des arbres qu'on y décrit, quand vous savez que, tandis que vous contemplez la pendule, les aiguilles s'avancent inexorablement vers le chiffre quatre, funeste présage de cette languissante heure du thé, triste tasse pour les âmes.

Si bien que les choses avaient tôt fait de perdre tout charme pour lui. Les sourires ravis qu'il avait coutume d'arborer aux funérailles des autres commencèrent à s'évanouir. Il se mit à mépriser l'univers en général et tous ses occupants en particulier.

Ce fut à ce moment qu'il prit sa décision, conçut le dessein qui allait le motiver et qui, pour autant qu'il pût voir, devait le motiver jusqu'à la fin des temps.

C'était celui-ci :

Il insulterait l'univers.

C'est-à-dire qu'il en insulterait tous les occupants. Individuellement, personnellement, l'un après l'autre et — et c'était bien là le point sur lequel il voulait se faire les dents — dans l'ordre alphabétique.

Quand on se récriait, comme l'avaient fait certains, protestant que ce plan n'était pas simplement tordu mais tout bonnement impraticable, vu la quantité de gens qui naissaient et mouraient en permanence dans l'univers, il se contentait de fixer ses détracteurs avec un regard d'acier et laissait tomber froidement : « On peut toujours rêver, non ? »

Et donc il s'était mis à l'œuvre.

Il choisit un astronef construit pour durer et l'équipa d'un ordinateur capable de traiter toutes les données nécessaires pour garder trace de toute la population de l'univers connu et calculer l'itinéraire effroyablement complexe qu'une telle tâche impliquait.

Son vaisseau croisait l'orbite des planètes intérieures, prêt à frôler le soleil pour se catapulter vers les espaces interstellaires.

« Calculateur ?

— Présent, couina le calculateur.

— Prochaine étape ?

— C'est ce que je suis en train de calculer. »

Sam Ghônfl contempla durant quelques instants les joyaux fantastiques qui cloutaient la nuit, tous ces milliards de mondes qui, poussière de diamants minuscules, saupoudraient de lumière les ténèbres infinies. Chacun d'eux, sans exception, était sur son itinéraire. Et la plupart, il y passerait et repasserait des millions de fois.

L'espace d'un instant, il imagina toutes les étapes de son trajet raccordées dans le ciel, pareilles à ces dessins que les enfants doivent découvrir en joignant les points numérotés. L'espoir l'effleura que, de quelque part dans l'univers, le graphique ainsi formé pût épeler un très, très, gros mot.

L'ordinateur émit un bip discordant pour indiquer qu'il avait terminé ses calculs.

« Folfanga, annonça-t-il. Bip.

« Quatrième planète du système folfangeux », poursuivit-il. Re-bip.

« Durée estimée du voyage : trois semaines », ajouta-t-il encore. Re-re-bip.

« Rencontre prévue avec un petit limaçon (bip) de l'espèce A-Rth-Urou-Khtâmil-Kor. »

« Je crois », poursuivit la machine après une pause — le temps de biper —, « que vous aviez décidé de le traiter de couillon dépourvu de cervelle ».

Sam Ghônfl grommela. Puis resta quelques instants à contempler la majesté de la création derrière le hublot.

« Je crois bien que je vais faire un somme », dit-il enfin, puis il ajouta : « Qu'est-ce qu'on peut capter comme chaîne, dans les prochaines heures ? »

Bip de l'ordinateur : « Image & Nerfs, Cosmovid et Antenne-de-mes-deux. » Re-re-bip.

« Y a pas un film que je n'ai pas déjà vu trente mille fois ?

— Non.

— Bon.

— Il y a bien *Spasmes dans l'espace,* celui-là, vous ne l'avez vu que trente-trois mille cinq cent dix-sept fois...

— Tu me réveilleras pour la seconde bobine... »

Bip de l'ordinateur qui ajouta : « Dormez bien. »

Le vaisseau poursuivit son vol dans la nuit.

Pendant ce temps, sur la Terre, la pluie s'était mise à tomber à seaux et Arthur Accroc, assis au fond de sa grotte, passait l'une des soirées les plus pourries de toute son existence, à ressasser tout ce qu'il aurait pu répondre à l'étranger, tout en écrasant les mouches qui passaient également une soirée pourrie.

Le lendemain, il se fit un sac en peau de lapin, en pensant que ça pourrait toujours servir.

Chapitre 2.

Ce matin-là — deux ans après ces événements — était odorant et doux lorsque Arthur Accroc émergea de la grotte qu'il avait baptisée « mon logis » faute d'un meilleur terme — ou d'une meilleure grotte.

Bien qu'il eût encore la gorge douloureuse après son sempiternel et matinal cri d'horreur, il se sentit tout soudain d'une bonne humeur terrible. Il resserra sa vieille robe de chambre en lambeaux autour de sa taille et considéra d'un sourire radieux le petit matin resplendissant.

L'air était clair et parfumé, la brise virevoltait, légère, parmi les hautes herbes qui entouraient l'entrée de sa grotte, les oiseaux devisaient en pépiant, les papillons voletaient gentiment, et toute la nature semblait avoir conspiré pour se montrer aussi agréable que possible.

Mais ce n'étaient pas toutes ces délices pastorales qui rendaient Arthur aussi allègre, pourtant. C'est qu'il venait tout juste d'avoir une idée proprement merveilleuse pour surmonter sa terrible solitude, ses cauchemars, l'échec de toutes ses tentatives d'horticulture et le total manque d'avenir, l'absolue futilité de son existence d'ici-bas sur la Terre préhistorique : il allait devenir fou.

Toujours aussi radieux, il mordit dans la cuisse de lapin qui lui restait de son dîner. Il la mâchonna béatement durant un petit moment puis décida d'annoncer de manière tout à fait officielle sa décision.

Il se redressa, regarda le monde, les champs et les collines, droit dans les yeux. Pour ajouter du poids à ses paroles, il se ficha l'os de lapin dans les cheveux. Puis il ouvrit tout grands les bras.

« Je vais devenir fou, annonça-t-il.

— Excellente idée », dit Ford Escort, descendant du rocher sur lequel il était assis.

La cervelle d'Arthur tourna sur elle-même.

Ses mandibules s'étaient mises à faire des pompes.

« Je suis moi-même devenu fou durant un moment, expliqua Ford. Ça m'a fait un bien fou. »

Les yeux d'Arthur faisaient des sauts périlleux.

« Vois-tu…, poursuivit Ford.

— Où étais-tu donc passé ? » l'interrompit Arthur, maintenant que sa tête avait terminé ses exercices.

« Oh… un peu par-ci, par-là. » Et il lui sourit d'une manière qu'il estima (non sans raison) horripilante. « J'avais simplement décidé de décrocher quelque temps. Je me suis dit que si le monde avait absolument besoin de moi, il pourrait toujours me rappeler. C'est ce qui s'est produit. » Et de sa sacoche maintenant complètement usée, il sortit son Sub-Etha-Sens-O-Matic. « Enfin, c'est du moins ce que je crois. Ce machin déconne un peu. » Il secoua l'appareil. « Si c'est encore une fausse alarme, je crois que je deviens fou. De nouveau. »

Arthur hocha la tête et s'assit. Il leva les yeux.

« Je te croyais mort…, dit-il simplement.

— Moi aussi, à un moment, répondit Arthur. Et puis, j'ai décidé que j'étais un citron, durant une quinzaine. Je me suis amusé tout ce temps-là à faire des plongeons dans un gin tonic. »

Arthur se racla la gorge ; puis il recommença.

« Où… as-tu…

— Trouvé un gin tonic ? dit Ford, épanoui. J'ai dégotté un petit lac qui se prenait pour un gin tonic et c'est là que j'ai passé mon temps à faire des plongeons. Enfin, j'ai cru qu'il se prenait pour un gin tonic…

« Il se pourrait… », ajouta-t-il avec un sourire à faire grimper aux arbres l'homme le plus sain d'esprit, « il se pourrait que je l'aie imaginé ».

Il attendit une réaction de la part d'Arthur mais ce dernier se garda bien de réagir.

« Continue, dit-il d'un ton égal.

— Le point crucial, vois-tu, expliqua Ford, c'est qu'il est bien inutile de se rendre dingue à essayer de s'empêcher de devenir fou. Tu ferais mieux de laisser tomber et de garder ta santé d'esprit pour plus tard.

— Et en ce moment, tu es à nouveau sain d'esprit ? dit Arthur. Simplement à titre d'information…

— Je suis allé en Afrique, poursuivit Ford.

— Ah oui ?

— Oui.

— Et c'était comment ?

— Alors, c'est ça ta caverne ?

— Euh… oui », fit Arthur. Il se sentait tout drôle. Après presque quatre années d'isolement total, il se sentait si heureux, si soulagé de voir Ford qu'il en aurait presque pleuré. Mais d'un autre côté, Ford se révélait presque tout de suite un emmerdeur.

« Très joli », disait Ford, parlant toujours de la caverne d'Arthur. « Tu dois certainement détester. »

Arthur ne crut pas utile de répondre.

« L'Afrique, c'était très intéressant, poursuivit Ford. Je m'y suis conduit d'une façon très bizarre. »

Son regard se perdit, pensif, dans le lointain. « Je me suis mis à être particulièrement cruel envers les animaux », reprit-il d'un air dégagé, « mais », s'empressa-t-il d'ajouter, « uniquement à titre de dada.

— Bien sûr, bien sûr, fit Arthur, qui se sentait très bas.

— Voui. Mais je ne vais pas t'embêter avec des détails, d'autant qu'ils…

— D'autant que quoi ?

— D'autant qu'ils t'embêteraient. Mais ça t'intéressera peut-être de savoir que je suis à moi seul responsable de la forme définitive de l'animal que tu as connu dans les siècles à venir sous le nom de girafe… Et puis, j'ai aussi essayé d'apprendre à voler. Tu me crois ?

— Raconte-moi.

— Plus tard. Je te rappellerai simplement que le *Guide* dit...

— Le... ?

— *Guide. Le Guide du Routard galactique.* Tu te souviens ?

— Je me souviens de l'avoir flanqué à la flotte[1].

— Oui. Mais je l'ai repêché.

— Tu me l'avais pas dit.

— Je voulais pas que tu l'y remettes.

— Bien vu, admit Arthur. Et il dit ?

— Quoi ?

— Le *Guide,* qu'est-ce qu'il dit ?

— Le *Guide* dit qu'il existe un art de voler. Ou plutôt qu'il faut attraper le coup. Le coup, c'est d'apprendre à se flanquer par terre en ratant le sol. » Et, avec un sourire timide, il montra ses genoux de pantalon et leva les bras pour exposer ses coudes : ils étaient tout usés et déchirés.

« J'avoue que je n'ai pas eu beaucoup de succès jusqu'à présent. » Puis il tendit la main et ajouta : « Je suis bien content de te revoir, Arthur. »

Arthur hocha la tête, brusquement ému, et surpris à la fois. « Je n'ai plus vu personne depuis des années. Personne. C'est tout juste si je sais encore parler. Je n'arrête pas de perdre mes mots. Alors je m'entraîne en parlant aux... aux... comment c'est déjà, ces trucs qui vous font passer pour fou quand on leur parle ? Tu sais, comme George III...

— Des rois ? suggéra Ford.

— Non, non, les trucs auxquels il avait coutume de parler. Bon sang, on en a partout autour de nous. Moi-même j'en ai planté des centaines. Même qu'ils sont tous morts... Des arbres ! Voilà, je m'exerce en parlant aux arbres...

---

1. Au risque de radoter : si vous avez du mal à suivre, reportez-vous au(x) volume(s) précédent(s). (P.d.F. n°s 340 et 351). (*N.d.T.*)

« ... c'est pour quoi faire ? »

Ford avait toujours la main tendue. Arthur la considérait avec incompréhension.

« Pour la serrer », souffla Ford.

Arthur la serra donc, assez nerveusement au début, comme s'il craignait qu'elle ne se transforme en anguille. Puis il l'étreignit avec vigueur, et des deux mains — submergé soudain par le soulagement. Il la serrait et la serrait...

Au bout d'un moment, Ford jugea nécessaire de se dégager.

Ils grimpèrent jusqu'au sommet d'une croupe rocheuse proche d'où ils purent embrasser tout le paysage.

« Qu'est-il arrivé aux Golganfricheux ? » demanda Ford.

Arthur haussa les épaules. « Une bonne partie n'a pas passé l'hiver d'il y a trois ans et les rares à avoir tenu jusqu'au printemps ont proclamé qu'ils avaient bien besoin de vacances et se sont embarqués sur un radeau. L'Histoire nous apprend qu'ils ont dû survivre...

— Euh... bien, bien », et Ford mit les mains sur les hanches et considéra de nouveau le monde désert tout autour de lui. Il émanait soudain de sa personne comme une aura de force, de décision.

« On y va », lança-t-il d'une voix excitée, **tout** frissonnant d'énergie contenue.

« Où ça ? Comment ? fit Arthur.

— Je sais pas, mais j'ai simplement l'impression que le moment est propice. Je pressens l'imminence de grands événements. On est en plein dedans... »

Sa voix baissa jusqu'au murmure : « J'ai détecté des sautes de courant... »

Il scruta le lointain d'un regard perçant, l'air d'attendre que le vent vienne le décoiffer et fouetter son visage dans un grand effet dramatique ; seulement le vent avait d'autres feuilles mortes à fouetter à quelques pas de là.

Arthur lui demanda de répéter ce qu'il venait de dire parce qu'il craignait de n'avoir pas bien saisi. Ford s'exécuta.

« Des sautes de courant ? dit Arthur.

— Des sautes de courant », confirma Ford tandis que soufflait enfin une brève brise dont il accueillit la bouffée à belles dents.

Arthur hocha la tête, se racla la gorge. Il demanda, précautionneusement : « Sommes-nous en train de parler de pannes d'électricité ou quoi ?

— Je parle des courants de l'espace. Des marées dans le continuum spatio-temporel.

— Ah ! opina Arthur. Tout de suite ? » Il fourra les mains dans les poches de sa robe de chambre et scruta l'horizon d'un air entendu.

« Quoi ?

— Est-ce bien le moment de démarrer ? »

Ford lui jeta un regard furieux. « Mais est-ce que tu vas m'écouter, enfin !

— Je t'écoute depuis le début mais je ne sais pas si ça aide... »

Ford l'agrippa par les pans de sa robe de chambre et lui parla lentement, patiemment, en articulant bien, comme s'il s'adressait à quelque employé du téléphone venu réclamer une quittance : « Il semble... (dit-il) qu'il y ait... (dit-il) certaines zones d'instabilité... (dit-il) dans le tissu... » (dit-il).

Arthur contempla d'un air parfaitement idiot l'étoffe de sa robe de chambre à l'endroit où Ford l'agrippait. Ford enchaîna avant qu'Arthur pût transformer son air idiot en remarque stupide.

« ... dans la trame de l'espace-temps, termina-t-il.

— Ah, ça ? fit Arthur.

— Oui, ça », confirma Ford.

Dressés seuls tous les deux au sommet d'une colline sur la Terre des premiers âges, ils se dévisagèrent longuement, l'air résolu.

« Et qu'est-ce qui lui arrive au juste, à l'espace-temps ? s'enquit Arthur.

— Des zones d'instabilité.

— Pas possible ? dit Arthur, toujours sans ciller.

— Si, fit Ford avec un degré comparable de rigidité oculaire.

— Bon, dit Arthur.

— Tu vois ? dit Ford.

— Non », dit Arthur.

Il y eut une pause tranquille.

« Le difficile avec cette conversation », reprit Arthur après qu'une espèce d'air dubitatif eut gagné son visage avec la lenteur d'un alpiniste négociant quelque corniche traîtresse, « c'est qu'elle est très différente de la plupart de celles que j'ai eues récemment. Lesquelles, comme je te l'ai expliqué, ont principalement eu lieu avec des arbres. Elles n'étaient pas comme ça. Sauf peut-être les conversations avec certains noyers, qui avaient tendance à… s'enliser…

— Arthur !

— Tiens ? Oui ?

— Contente-toi de croire tout ce que je te raconte et tout sera très, très, très simple.

— Ah… ben, justement, ça je ne suis pas sûr de le croire. »

Ils s'assirent pour mieux rassembler leurs idées.

Ford sortit son Sub-Etha Sens-O-Matic. L'appareil émettait de vagues bourdonnements et un voyant minuscule clignotait faiblement sur le dessus du boîtier.

« Les accus sont à plat ? demanda Arthur.

— Non. Il y a des sautes aléatoires dans le tissu de l'espace-temps, des courants, des marées, une zone d'instabilité, et c'est quelque part dans les parages…

— Où ça ? Où ça ? »

Ford fit décrire à l'appareil un lent demi-cercle. Le voyant s'illumina soudain. « Là ! » Il brandit le bras. « Là ! Derrière ce divan ! »

Arthur regarda dans la direction qu'il indiquait. A sa

plus grande surprise, il découvrit un divan Chesterfield recouvert de velours cachemire au beau milieu du pré devant eux. Il le reluqua d'un air inspiré. Des tas de questions tordues se pressaient dans son esprit.

« Pourquoi y a-t-il un divan dans ce pré ?

— Je te l'ai dit ! » hurla Ford en se levant d'un bond. « Il y a des marées dans le continuun spatio-temporel !

— Il y a démarré et il y a atterri, c'est ça ? » demanda Arthur en se remettant lui aussi sur ses pieds, au sens propre et (l'espérait-il mais sans grand optimisme) au sens figuré.

« Arthur ! lui cria Ford, si ce divan est là, c'est justement à cause de cette instabilité spatio-temporelle que j'essaie depuis le début de faire rentrer dans ta cervelle définitivement ramollie. Il a été largué hors du continuum, c'est une épave de l'espace-temps, peu importe ce que c'est en fait, mais il faut l'attraper, c'est le seul moyen pour nous de sortir d'ici ! »

Et il dévala le surplomb rocheux pour se précipiter à travers champs.

« L'attraper ? » marmonna Arthur, puis il fronça les sourcils, au spectacle stupéfiant du divan Chesterfield qui s'éloignait, bondissant et flottant à travers la prairie.

Poussant un cri de ravissement parfaitement incongru, il bondit lui aussi au pied du rocher et se rua frénétiquement à la poursuite de Ford Escort et de l'absurde élément de mobilier.

Les voilà donc qui bondissent comme des fous au milieu des hautes herbes, sautant, riant, s'interpellant, afin d'amener la chose à se diriger dans telle ou telle direction. Le soleil brillait, rêveur, sur l'herbe ondulante, et toutes les petites bêtes des champs s'égaillaient follement dans leur sillage.

Arthur se sentait heureux. Il était terriblement ravi de voir pour une fois la journée se dérouler aussi conformément aux prévisions : pas plus de vingt minutes plus tôt, il avait pris la décision de devenir fou et voilà qu'il pourchassait un divan Chesterfield à travers champs sur la Terre de la préhistoire.

Le divan bondissait de-ci, de-là, et paraissait en même temps aussi solide que les arbres devant lesquels il passait parfois et aussi impalpable qu'un rêve vaporeux lorsqu'il flottait, spectral, au travers d'autres.

Arthur et Ford zigzaguaient pesamment derrière lui mais le meuble esquivait, se faufilait, comme s'il suivait sa propre topographie mathématique complexe, ce qui était effectivement le cas. Ils le poursuivaient toujours, et toujours le divan dansait et tournoyait puis soudain il vira et plongea, exactement comme s'il venait de franchir le pli d'un graphe de catastrophe[1] et ils se retrouvèrent pratiquement au-dessus de lui. Avec un soupir et un grand cri, ils lui bondirent dessus, le soleil disparut en un clin d'œil et ils tombèrent au travers d'un néant nauséeux pour émerger de manière tout à fait inattendue au milieu de la pelouse du Lord's Cricket Ground de St. John's Wood, à Londres, vers la fin du dernier test match de la sélection australienne en l'an 198-, alors que l'Angleterre n'était qu'à vingt-huit points de la victoire.

Chapitre 3.

Les grandes heures de l'histoire galactique
Premier volet
(repris de l'Almanach sidéral
d'Histoire galactique pour tous)
Le ciel nocturne de la planète Kriquète offre le panorama le plus inintéressant de tout l'univers.

---

1. Conseil : ceux qui veulent suivre toutes les implications mathématico-topologiques de cette poursuite historico-mobilière pourront se reporter utilement à la bédé didactique de Ian Stewart intitulée *Oh ! Catastrophe* (éditions Belin). (*N.d.T.*)

Chapitre 4.

C'est par une journée délicieusement agréable qu'Arthur et Ford débarquèrent (cul par-dessus tête) de leur anomalie spatio-temporelle pour heurter (sans douceur) le gazon immaculé du terrain de cricket de Lord.

Il y eut un tonnerre d'applaudissements. Ils ne leur étaient pas destinés mais ils s'inclinèrent néanmoins — instinctivement — ce qui était une chance vu que la petite balle rouge et dure, objet effectif des vivats de la foule, ne siffla qu'à quelques millimètres du crâne d'Arthur Accroc. Dans la foule, un homme s'effondra.

Ils se jetèrent derechef sur le sol qui semblait vouloir hideusement tournoyer autour d'eux.

« Qu'est-ce que c'était ? siffla Arthur.

— Un truc rouge, siffla Ford.

— Et où sommes-nous ?

— Euh... quelque part au vert...

— Des formes, grommela Arthur, j'aimerais bien reconnaître des formes. »

Les applaudissements de la foule avaient rapidement laissé place à des hoquets de surprise et autres gloussements gênés chez les centaines de spectateurs indécis quant à savoir s'ils devaient croire ou non ce dont ils venaient d'être les témoins.

« C'est à vous, ce divan ? s'enquit une voix.

— Qu'est-ce que c'est encore ? » murmura Ford.

Arthur leva les yeux.

« Un truc bleu.

— La forme ? » demanda Ford.

Nouveau coup d'œil d'Arthur.

« Ça a la forme », poursuivit-il, la voix sifflante et les sourcils furieusement froncés, « d'un agent de police ».

Ils restèrent encore quelques instants aplatis au sol et

se fronçant vigoureusement les sourcils. La chose bleue
en forme d'agent de police s'inclina pour leur taper sur
l'épaule.

« Allez, vous deux, leur dit la forme, ça va comme
ça. »

Ces simples mots firent sur Arthur l'effet d'une
décharge électrique. Il bondit sur ses pieds, tel un
auteur entendant la sonnerie du téléphone, et jeta une
série de regards ébahis sur le panorama qui soudain
s'offrait à lui, avec toutes les apparences de la plus
totale et terrifiante banalité.

« Mais où avez-vous été chercher tout ça ? beugla-t-il
à l'adresse de la forme policière.

— Qu'est-ce que vous dites ? fit la forme, étonnée.

— C'est bien le terrain de cricket de Lord, n'est-ce
pas ? Où l'avez-vous donc trouvé ? Comment avez-vous
donc fait pour l'amener ici ? » demanda-t-il d'une voix
sèche. Puis, portant la main à son front : « Bon, je crois
que je ferais mieux de me calmer. » Il s'accroupit
brusquement devant Ford. « C'est un agent de police ?
Qu'est-ce qu'on fait ? »

Ford haussa les épaules.

« Qu'est-ce que tu veux qu'on fasse ?

— Je veux que tu me dises que ça fait cinq ans que je
suis en train de rêver. »

Ford haussa de nouveau les épaules et s'exécuta bien
volontiers : « Ça fait cinq ans que tu es en train de
rêver. »

Arthur se releva : « Pas de problème, monsieur
l'agent. Ça fait cinq ans que je suis en train de rêver.
Vous pouvez lui demander », ajouta-t-il en désignant
Ford. « Il était dedans. »

Ayant prononcé ces mots, il partit d'un pas noncha-
lant vers le bord du terrain, tout en époussetant sa robe
de chambre. Puis il la remarqua justement, cette robe
de chambre, et s'immobilisa. Il la contempla. Et revint
se jeter vers le policier en beuglant : « Alors, où est-ce

que j'ai déniché ces fringues, hein ? » Puis il s'effondra, pantelant, sur le gazon.

Ford hocha la tête : « Il a eu deux millions d'années difficiles », expliqua-t-il à l'agent puis, à eux deux, ils hissèrent Arthur sur le divan pour le transporter sur le bord du terrain, tout au plus légèrement gênés en cours de route par la soudaine disparition du susdit divan.

Dans la foule, les réactions à cette suite d'événements apparurent aussi nombreuses que variées : incapables d'appréhender la vision d'un tel spectacle, la plupart des gens préférèrent écouter sa retransmission à la radio.

« Eh bien, Brian, voici un incident qui m'a l'air intéressant, notait un commentateur sportif, je ne crois pas qu'on ait en effet assisté à des matérialisations mystérieuses sur ce terrain depuis... euh depuis... eh bien, je ne sais même pas s'il y en a jamais eu — si ? — que je sache...

— Egdbaston, 1932 ?

— Ah ! et que serait-il passé, alors ?

— Eh bien, Peter, si je me souviens bien, Carter était alors face à Willcox qui s'apprêtait à lancer lorsqu'on vit soudain un spectateur traverser le terrain au pas de course... »

Il y eut un silence à l'antenne, tandis que le premier reporter considérait la chose.

« Mmmmmouais... moui, enfin, il n'y a rien de bien mystérieux là-dedans, non ? Il ne s'était pas à vrai dire matérialisé, n'est-ce pas ? Il est simplement passé en courant...

— Vous avez raison, bien sûr, mais il a quand même prétendu avoir effectivement vu quelque chose se matérialiser sur le terrain...

— Ah oui ? Quoi ?

— Oui, une espèce d'alligator, je crois bien...

— Ah ! Et quelqu'un d'autre l'aurait-il également remarqué ?

— Apparemment non. Et personne n'a été capable

d'obtenir de lui une description très détaillée si bien qu'on n'a effectué qu'une enquête de pure forme.

— Et qu'est-il advenu de l'individu ?

— Eh bien, je crois me souvenir que quelqu'un se proposa pour l'emmener et l'inviter à déjeuner mais l'homme déclina l'invitation, expliquant qu'il avait déjà fait un excellent repas, tant et si bien que l'incident fut oublié et qu'au bout du compte Warwickshire finit par gagner avec trois guichets d'avance.

— Donc, en résumé, peu de rapport avec la situation présente... Pour ceux d'entre vous qui arrivent sur l'antenne, je signalerai, et ça les intéressera sans aucun doute, que... eh bien, disons que deux hommes passablement débraillés, accompagnés d'un divan — j'ai bien dit : un divan — un Chesterfield, même, arrêtez-moi si je me trompe...

— Oui, oui, c'est bien un Chesterfield...

— ... viennent tout juste de se matérialiser ici, au beau milieu du terrain de cricket de Lord. Mais je crois pouvoir affirmer qu'ils sont dénués d'intention malveillante, ils m'ont paru très accommodants et d'ailleurs...

— Désolé, Peter, puis-je vous interrompre un instant pour signaler à nos auditeurs que le divan vient de disparaître à l'instant même...

— C'est bien noté. Eh bien, voilà donc déjà un mystère de moins... Il n'empêche que cela restera toutefois un événement dans les annales, c'est indiscutable, survenant en particulier à cette phase du jeu... alors que l'Angleterre n'est plus maintenant qu'à vingt-quatre points de la victoire dans sa série. Mais je vois à présent les hommes quitter le terrain, accompagnés par l'agent de police et je pense donc que tout le monde va reprendre incessamment sa place et que la partie va pouvoir reprendre. »

« Et maintenant, monsieur », dit le policier après qu'ils se furent frayé un passage parmi la foule des curieux pour déposer le corps inerte (et détendu) d'Arthur sur une couverture, « et maintenant, peut-être que vous allez enfin bien vouloir me dire qui vous êtes, d'où vous venez, et à quoi rime tout ce petit cirque ? »

Ford resta quelques instants à regarder par terre, comme s'il y cherchait quelque assurance, puis il se redressa enfin et décocha au représentant de l'ordre un regard qui le frappa de tout le poids de chacun des centimètres du trajet de six années-lumière séparant la Terre du domicile de Ford Escort dans les parages de Bételgeuse.

« Très bien, dit-il enfin d'une voix très calme, je vais vous le dire.

— Oui, bon, ben ça sera pas nécessaire, fit le policier en hâte, contentez-vous simplement d'éviter que ça se reproduise. » Et il fit demi-tour et repartit, en quête d'un individu qui ne fût pas natif de Bételgeuse. Par chance, le terrain en était bourré.

La conscience revint à Arthur. De très loin, et à contrecœur : elle n'avait pas eu que des bons moments en sa compagnie. Lentement, nerveusement, elle revint à lui et réintégra sa place habituelle.

Arthur s'assit.

« Où suis-je ? dit-il.

— Sur le terrain de cricket de Lord, dit Ford.

— Impec », dit Arthur, et sa conscience ressortit prendre un bol d'air. Son corps chut de nouveau, inerte, sur le gazon.

Dix minutes plus tard, il était penché au-dessus d'une tasse de thé dans la tente de la buvette et les couleurs commençaient à revenir à son visage hagard.

« Comment tu te sens ? demanda Ford.

— Chez moi », dit Arthur, la voix rauque. Il ferma les yeux et huma avidement l'arôme de son thé fumant, comme si c'était — eh bien, pour ce qui le concernait, comme si c'était du thé — et justement, c'en était.

« Je suis chez moi, répéta-t-il. Chez moi. On est en Angleterre ! Aujourd'hui ! Le cauchemar est fini ! » Il rouvrit les yeux et sourit, serein. « Enfin, je me retrouve chez moi, murmura-t-il, ému.

— Je crois qu'il y a quand même deux choses dont je dois t'informer », dit Ford et il poussa vers lui sur la table un exemplaire du *Guardian*.

« Je suis chez moi..., répétait Arthur.

— C'est ça, oui. La première chose », reprit Ford en tapant du doigt la date inscrite en tête du journal, « c'est que la Terre sera détruite d'ici deux jours.

— Chez moi, répétait toujours Arthur. Le thé, le cricket, ajouta-t-il avec ravissement ; le gazon frais tondu, les bancs de bois, les vestes blanches pur fil, les boîtes de bière... »

Lentement, son regard accomoda sur la page du journal. Il inclina la tête, les sourcils légèrement froncés.

« Mais j'ai déjà lu ça. » Ses yeux remontèrent lentement jusqu'à la date que Ford indiquait négligemment du bout du doigt. Ses traits se figèrent une seconde ou deux puis commencèrent à effectuer cette spécialité de la banquise au printemps : se défaire avec une mystérieuse et terrible lenteur.

« Et le second truc, compléta Ford, c'est qu'il se trouve que tu as un os passé dans la barbe. » Sur quoi il avala son thé d'une traite.

A l'extérieur de la buvette, le soleil brillait sur une foule réjouie. Il brillait sur les chapeaux blancs et les visages cramoisis. Il brillait sur les esquimaux et les faisait fondre. Il brillait sur les larmes des petits enfants dont les esquimaux en fondant venaient de glisser et tomber du bâton. Il brillait sur les arbres, sur les battes de cricket qui voltigeaient dans l'air, il luisait sur l'objet totalement extraordinaire garé derrière le tableau d'affichage et qu'apparemment personne encore n'avait vu. Il rayonnait sur Arthur et Ford qui venaient tout juste d'émerger de sous la tente de la buvette et considéraient l'ensemble de cette scène en clignant des yeux.

Arthur tremblait.

« Je ferais peut-être bien de...

— Non, le coupa sèchement Ford.

— Quoi ?

— N'essaie pas de téléphoner chez toi.

— Comment as-tu deviné... ? »

Ford haussa les épaules.

« Mais pourquoi pas ?

— Les gens qui se causent à eux-mêmes au télé-phone n'en tirent jamais rien de bon.

— Mais...

— Ecoute... », et Ford fit mine de saisir un combiné puis composa un numéro imaginaire.

« Allô ? » dit-il dans l'imaginaire micro. « C'est bien Arthur Accroc ? Oui ? Ah, allô, oui. Ici Arthur Accroc. Non, ne raccrochez pas... » Il regarda le combiné imaginaire l'air dépité. « Il a raccroché. » Puis, avec un haussement d'épaules, il reposa soigneusement l'imagi-naire combiné sur son crochet imaginaire. Et il ajouta : « Tu sais, je n'en suis pas à ma première anomalie temporelle. »

Un air encore plus lugubre remplaça l'air déjà lugubre qui s'était peint sur les traits d'Arthur.

« Et moi qui nous imaginais enfin chez nous bien au sec.

— Eh ! non. On ne peut même pas dire qu'on est chez nous à nous éponger vigoureusement. »

La partie avait repris. Le lanceur s'avança vers le guichet adverse, au pas, au trot, puis au galop. Il explosa soudain dans un foisonnement de bras et de jambes d'où jaillit enfin une petite balle. Le batteur la réceptionna et la renvoya d'un coup sec et vigoureux loin au-dessus des tableaux d'affichage. Les yeux de Ford suivirent sa trajectoire en papillotant quelque peu. Ford se raidit. Il avisa une seconde fois le trajet de la balle et ses yeux clignotèrent derechef.

« Mais... c'est pas ma serviette ! » dit Arthur qui était en train de farfouiller dans son sac en peau de lapin.

« Chhhhht ! » Les yeux au ciel, Ford était plongé dans un abîme de concentration.

« J'avais une serviette-éponge golganfricheuse, poursuivit Arthur. Bleue avec des étoiles jaunes. C'est pas celle-là.

— Chut ! » répéta Ford. Il se masqua un œil et poursuivit son observation avec l'autre.

« Celle-là est rose. Ça serait pas la tienne, non ?

— J'aimerais bien que tu la boucles avec ta serviette !

— Je tiens pas à la boucler et en plus c'est pas ma serviette. C'est justement le point que j'essaie de...

— Et justement, le moment où j'aimerais bien que tu la boucles, continua Ford d'une voix soudain grondante, c'est maintenant !

— Très bien », fit Arthur en fourrant de nouveau la serviette dans son sac en peau de lapin (grossièrement cousue). « Je sais bien que ce n'est sans doute pas d'une importance phénoménale à l'échelle cosmique ; c'est simplement bizarre, voilà tout. Une serviette rose, comme ça, tout d'un coup, à la place d'une bleue avec des étoiles jaunes. »

Ford commença à se comporter de manière étrange, enfin pas exactement étrange ; disons plutôt qu'il commença à se comporter d'une manière étrangement différente des manières usuellement étranges avec lesquelles il se comportait d'habitude. Voici ce qu'il s'était mis à faire : ignorant les regards sidérés qu'il provoquait dans l'assistance rassemblée autour du terrain, il se passa nerveusement les mains sur le visage, alla s'accroupir derrière certains spectateurs, bondit derrière d'autres, puis s'immobilisa enfin avec force tics et clignements d'yeux. Après quelques instants de ce manège, il repartit, très digne et raide, l'air concentré, l'œil furtif et le sourcil perplexe, tel un léopard pas très sûr d'avoir bien aperçu une boîte de pâtée pour chats à moitié vide abandonnée à cinq cents mètres devant lui sur une plaine torride et poussiéreuse.

« C'est pas non plus mon sac », dit soudain Arthur.

Ce qui eut pour résultat de déconcentrer Ford. Il se tourna vers Arthur, furieux.

« Je parlais pas de ma serviette », justifia ce dernier. « Nous avons déjà établi que ce n'était pas la mienne. Non, c'est simplement que le sac dans lequel j'étais en train de ranger la serviette qui n'est pas la mienne se trouve ne pas être le mien non plus, quoiqu'il lui soit extraordinairement semblable. Et là, personnellement, je trouve que c'est extrêmement bizarre, surtout que c'était un sac que je m'étais fabriqué moi-même dans la préhistoire. Et puis, c'est pas non plus mes cailloux », ajouta-t-il en extrayant de sa besace quelques plats galets gris. « J'avais commencé une collection de cailloux intéressants et ceux-là sont manifestement d'un inintérêt total. »

Un rugissement frénétique parcourut la foule, noyant la réponse de Ford, quelle qu'elle fût, à ce passionnant élément d'information. La balle de cricket à l'origine de ce déferlement populaire tombait du haut du ciel et finit sa course exactement dans le mystérieux sac en peau de lapin d'Arthur.

« Là, j'aurais tendance à dire que voilà un événement passablement curieux », et ce disant, Arthur referma promptement le sac et fit mine de chercher la balle par terre.

« Je pense pas qu'elle soit ici », dit-il aux petits garçons qui s'étaient agglutinés autour de lui pour se joindre aux recherches. « M'est avis qu'elle a dû rouler quelque part... par là... » Il indiqua vaguement la direction dans laquelle il souhaitait les voir tous détaler. L'un des petits garçons le considéra, perplexe, et demanda : « Tu te sens bien ?

— Non, fit Arthur.

— Alors, pourquoi que t'as un os planté dans la barbe ?

— C'est parce que je le dresse à savoir se tenir en place. » Arthur était très fier de cette réponse. C'était, selon lui, exactement le genre de remarque édifiante propre à distraire et stimuler de jeunes esprits.

« Oh ! » dit le petit garçon en penchant la tête de côté, songeur. « Comment que tu t'appelles ?

— Accroc, dit Arthur. Arthur Accroc.

— T'es qu'un ringard, Accroc, dit le petit garçon. Un vrai trou du cul. » Il prononça ces mots en regardant ailleurs, comme pour bien montrer qu'il n'était pas du tout pressé de détaler. Il finit enfin par s'éloigner lentement, en se curant le nez. Soudain, il revint à Arthur que la Terre allait être démolie d'ici deux jours et pour une fois, une fois seulement, il ne fut pas tellement mécontent de cette perspective.

La partie re-reprit avec une nouvelle balle, le soleil continua de briller et Ford se remit à sautiller en hochant la tête et en clignant des yeux.

« Toi, t'as quelque chose derrière la tête, c'est ça ? fit Arthur.

— Je crois », répondit Ford sur un ton qu'Arthur avait appris à reconnaître comme présageant quelque développement totalement inintelligible, « je crois bien qu'il y a un CLEP par là-bas. »

Il tendit le doigt. Bizarrement, la direction qu'il indiquait n'était pas du tout celle vers laquelle il regardait. Arthur regarda d'un côté — vers le tableau d'affichage — et de l'autre — vers le terrain. Il hocha la tête ; haussa les épaules ; haussa encore les épaules. Et demanda :

« Un quoi ?

— Un CLEP. C L E P.

— C'est elle euh quoi ?

— ... L E P.

— Ah ! Et qu'est-ce que c'est ?

— C'est Leur Problème.

— Ah ! bon », fit Arthur, déjà plus détendu. Il n'avait pas la moindre idée de ce que ça pouvait être, mais l'affaire lui semblait au moins classée.

Elle ne l'était pas.

« Par là-bas ! » dit Ford en indiquant de nouveau le tableau tout en persistant à regarder le terrain.

« Où ça ?

— Là !

— Je vois, dit Arthur qui ne voyait rien du tout.

— Tu vois ?

— Quoi ?

— Est-ce que tu le vois ? répéta Ford, patiemment. Le CLEP ?

— Je croyais que tu m'avais dit que c'était leur problème ?

— C'est exact. »

Arthur dodelina du chef, lentement, précautionneusement, et avec l'air de la plus immense stupidité.

« Et je veux savoir, poursuivait Ford, si tu peux le voir.

— Tu le vois, toi ?

— Oui.

— Et à quoi ça ressemble ?

— Eh bien, comment veux-tu que je le sache, bougre de crétin ? hurla Ford. Si tu peux le voir, c'est quand même à toi de me le dire ! »

Arthur ressentit cette sourde sensation de martèlement juste derrière les tempes qui était la signature de tant de ses conversations avec Ford. Sa cervelle se tapit sous son crâne, comme un chiot apeuré dans le fond de sa niche. Ford le prit par le bras.

« Un CLEP, expliqua-t-il, est une chose que l'on ne peut pas voir, ou qu'on ne veut pas voir, ou que notre cerveau nous empêche de voir, parce qu'on s'imagine que c'est leur problème et pas le nôtre. C'est exactement ce que veux dire CLEP : C'est LEur Problème. Et le cerveau le censure, tout simplement. Comme s'il faisait un blanc. Si tu le regardes directement, tu ne pourras pas le voir, tant que ne sauras pas exactement ce que c'est. Ton seul espoir, c'est d'essayer de l'entrevoir par surprise du coin de l'œil.

— Ah ! fit Arthur. Alors, c'est pour ça que...

— Voui, dit Ford qui savait ce qu'Arthur allait dire.

— ... tu n'arrêtes pas de sautiller...

— Voui.

— ... et de t'accroupir, et de cligner des yeux...

— Voui.

— ... et de...

— Je crois que tu as pigé.

— Je vois bien ce que c'est, dit enfin Arthur. C'est un astronef. »

Durant un instant, Arthur fut abasourdi par la réaction provoquée par cette révélation : un rugissement avait jailli de la foule et, dans tous les sens, des gens s'étaient mis à courir, et crier, et glapir, et se bousculer dans un vaste tumulte et dans la plus grande confusion. Il recula en trébuchant, surpris, jetant autour de lui un regard apeuré. Puis il jeta un second regard autour de lui, encore plus surpris.

« Super, non ? » lança une apparition. L'apparition tressautait devant les yeux d'Arthur — bien qu'il fût sans doute plus exact de dire que c'étaient les yeux d'Arthur qui tressautaient devant l'apparition. D'ailleurs, sa bouche tressautait aussi.

« Qu... qu... qu... qu..., fit sa bouche.

— Je crois que votre équipe vient de gagner, dit l'apparition.

— Qu... qu... qu... qu... », répéta Arthur, ponctuant chaque hoquet d'un coup de coude à Ford. Lequel considérait tout ce tumulte avec une certaine inquiétude.

« Vous êtes anglais, n'est-ce pas ? reprit l'apparition.

— Be... be..., ben oui, dit Arthur.

— Alors, c'est bien ce que je disais : votre équipe vient de gagner. Le match. Ce qui signifie qu'elle garde la coupe des Cendres. Vous devez être content, non ? Je dois avouer que j'apprécie assez le cricket bien que, soit dit entre nous, j'aime autant que ça ne se sache pas en dehors de cette planète. Ouh la, non ! »

L'apparition lui adressa ce qui pouvait passer pour un

sourire entendu mais c'était difficile à dire parce que le soleil était juste derrière elle, nimbant sa tête d'une gloire aveuglante, auréolant barbe et chevelure d'une lueur argentée dont l'effet dramatique et mystique était difficilement compatible avec les sourires entendus.

« Et pourtant, poursuivait l'apparition, tout cela sera fini et bien fini d'ici deux jours, pas vrai ? Quoique, comme j'ai eu l'occasion de vous le dire lors de notre dernière rencontre, j'en aie toujours été désolé. Enfin, ce qui sera fait, sera fait. »

Arthur essaya de parler mais abandonna ce combat par trop inégal. Il gratifia Ford d'une nouvelle bourrade.

« Je croyais que quelque chose de terrible venait d'arriver, dit ce dernier, mais c'est simplement la fin du match. Faudrait qu'on sorte d'ici. Oh… tiens ! salut, Saloprilopette ! Qu'est-ce que vous faites ici [1] ?

— Oh ! on bricole, on bricole…, dit gravement le vieil homme.

— C'est votre vaisseau ? Pouvez pas nous déposer quelque part ?

— Patience, patience, dit sentencieusement le vieillard.

— Bon d'accord, dit Ford. Mais c'est simplement que cette planète ne va pas tarder à se faire démolir…

— Je sais.

— Ah ! bon, je tenais simplement à rappeler ce point.

— Eh bien, voilà qui est fait.

— Enfin, si vous tenez à ce point à traîner sur un terrain de cricket…

— Effectivement.

— Alors, comme ça, c'est votre vaisseau ?

— Oui.

1. Ceux qui ignorent encore qui est Saloprilopette ne seront pas plus avancés après avoir lu cette note. N'ont qu'à lire les tomes précédents, Saloprilopette ! (*N.d.T.*)

— Je suppose. » A ce point (de la conversation), Ford se tourna brusquement vers Arthur.

« Salut, Saloprilopette ! dit enfin Arthur.

— Salut, Terrien, dit Saloprilopette.

— Après tout, remarqua Ford, on ne meurt qu'une fois, hein. »

Le vieil homme ignora ces dernières paroles pour considérer attentivement le terrain avec des yeux qui semblaient envahis par une expression sans rapport apparent avec ce qui était en train de s'y passer. Ce qui était en train de se passer, c'est que la foule était en train de se rassembler en formant un grand cercle autour du centre du terrain. Ce qu'y voyait Saloprilopette, ça, lui seul le savait.

Ford fredonna quelque chose. C'était une simple note répétée à intervalles réguliers. Il comptait bien que quelqu'un lui demanderait ce qu'il fredonnait mais non, personne. Si quelqu'un le lui avait demandé, il aurait répondu qu'il fredonnait sans cesse le premier vers d'une chanson de Noël Coward intitulée *Fou de ce beau blond.* On lui aurait alors fait remarquer qu'il n'en chantait toujours qu'une seule et même note, à quoi il aurait immédiatement rétorqué que pour des raisons qu'il espérait évidentes il avait choisi de laisser tomber ce qui concernait le « beau blond ». Il était bien embêté que personne ne lui pose la question.

« C'est simplement, exposa-t-il enfin, que si on se barre pas bientôt, on risque bien d'être encore une fois pris dedans. Et puis, rien ne me déprime plus que de voir démolir une planète. Sinon peut-être d'être encore dessus quand ça arrive. Ou (ajouta-t-il *in petto*) de rester traîner à un match de cricket.

— Patience, répéta Saloprilopette, de grandes choses se préparent.

— Vous l'avez déjà dit la dernière fois qu'on s'est vus, remarqua Arthur.

— Et ça s'est produit.

— Oui, c'est vrai », admit Arthur.

En tous les cas, ce qui se préparait en ce moment, c'était semblait-il une espèce de cérémonie, d'ailleurs plus spécialement destinée aux caméras de la télévision qu'aux spectateurs, et de l'endroit où ils se trouvaient, tout ce qu'ils purent en saisir, ce fut en entendant la retransmission sur une radio proche. Ford se montra agressivement inintéressé.

Il rongea son frein en entendant expliqué que l'urne des Cendres allait être présentée au capitaine de l'équipe britannique, fulmina à l'annonce que c'était parce qu'ils venaient de remporter ce trophée pour la énième fois, bâilla littéralement d'ennui à l'information que ces Cendres étaient les restes d'un piquet de cricket et lorsque, pour couronner le tout, on ajouta pour sa gouverne que le piquet de cricket en question avait été brûlé à Melbourne, Australie, en 1882, pour symboliser la « mort du cricket britannique [1] », il se retourna vers Saloprilopette, prit une profonde inspiration... mais n'eut pas l'occasion de lui dire quoi que ce soit car le vieil homme n'était plus là. Il se dirigeait vers le terrain d'un pas terriblement décidé, cheveux, barbe et tunique flottant au vent, tout à fait l'air d'un Moïse qui aurait découvert que le Sinaï était une pelouse bien tondue et non la montagne empanachée de vapeurs des représentations traditionnelles.

« Il nous a dit de le retrouver au vaisseau », précisa Arthur.

Ford explosa : « Mais au nom des Bogues d'Hanoff, qu'est-ce qu'il fout, ce vieil idiot ?

— Il nous retrouve à son vaisseau dans deux minutes », dit Arthur avec un haussement d'épaules qui traduisait un total renoncement à la réflexion.

Ils se mirent en marche vers l'appareil. Des sons bizarres leur parvenaient à l'oreille. Ils firent de leur

1. Authentique [2].
2. (Gag) N.d.T. [3].
3. Mais c'est quand même rigoureusement authentique. (N.d.T.)

mieux pour ne pas entendre mais ne purent s'empêcher de remarquer que Saloprilopette exigeait d'une voix plaintive qu'on lui remette l'urne d'argent contenant les Cendres, celles-ci revêtant (disait-il), « une importance vitale pour la sécurité passée, présente, et future de la Galaxie », et que cela avait pour résultat de déclencher une vaste hilarité.

Ils décidèrent de l'ignorer.

Ce qui se produisit ensuite, ils ne purent toutefois l'ignorer. Avec un bruit comme si cent mille personnes s'écriaient en chœur « plouc », un astronef blanc acier parut soudain se matérialiser dans les airs à l'aplomb exact du terrain de cricket, et resta suspendu là, infiniment menaçant, et légèrement bourdonnant.

Là-dessus, il resta quelques instants immobiles, comme s'il s'attendait que les gens continuassent de vaquer à leurs occupations sans plus s'occuper de sa présence là-haut.

Puis il fit une chose tout à fait extraordinaire. Ou plutôt, il s'ouvrit et laissa de ses entrailles échapper une chose tout à fait extraordinaire ; ou plutôt, onze choses tout à fait extraordinaires.

C'étaient des robots. Des robots blancs.

Mais le plus extraordinaire, c'était qu'ils avaient l'air de s'être costumés pour l'occasion : car non seulement ils étaient blancs mais ils portaient ce qui ressemblait fort à des battes de cricket et non seulement ça, mais ils portaient également ce qui ressemblait fort à des balles de cricket et non seulement ça, mais ils portaient en plus des protège-tibias blancs. Ces derniers étaient particulièrement extraordinaires puisqu'il se révéla qu'ils avaient des réacteurs intégrés permettant à ces robots curieusement civilisés de descendre en vol de leur astronef et de commencer à zigouiller les gens — ce à quoi ils s'employèrent effectivement.

« Tiens, fit Arthur, on dirait qu'il se passe quelque chose.

— File au vaisseau ! gueula Ford. Je veux pas savoir,

file au vaisseau, c'est tout. » Il se mit à courir. « Je veux pas savoir, je veux pas voir, je veux pas entendre », glapit-il tout en détalant, « ce n'est pas ma planète. Je n'ai pas choisi d'être ici, j'ai rien à voir là-dedans, qu'on me tire de là et qu'on m'amène à une soirée, avec des gens enfin fréquentables » !

La pelouse était noyée sous les flammes et la fumée.

« Eh bien, la brigade surnaturelle m'a tout l'air d'être venue en force aujourd'hui... » se marmotta joyeusement un transistor dans son coin.

« Ce qu'il me faut », hurla Ford, histoire d'éclairer ses remarques précédentes, « c'est boire un bon coup et me retrouver avec mes pairs ». Il poursuivit sa course, ne s'arrêtant que le temps de prendre Arthur par le bras pour le tirer derrière lui. Arthur avait quant à lui adopté son rôle de crise usuel qui était de rester figé, la bouche bée, et de laisser couler.

« Ils jouent au cricket », marmonna Arthur, trébuchant derrière Ford. « Je te jure qu'ils jouent au cricket. Je sais pas pourquoi ils font ça mais c'est quand même bien ce qu'ils font. » Puis il cria : « Non contents de tuer les gens, ils les expédient en l'air ! Ford, ils les expédient en l'air ! »

Il aurait été difficile de ne pas le croire sans avoir des connaissances en histoire galactique considérablement plus étendues que celles qu'Arthur était jusqu'ici parvenu à glaner au fil de ses voyages. Les ombres spectrales mais violentes qu'on pouvait voir s'agiter derrière l'épais rideau de fumée semblaient accomplir quelque bizarre parodie de coups de battes — à la différence près que toutes les balles que frappaient les robots explosaient en touchant le sol. Dès la première, Arthur était revenu sur sa réaction initiale qui avait été de croire que tout cela n'était qu'une publicité pour quelque marque de margarine australienne.

Et puis, aussi soudainement qu'elle avait commencé, l'opération prit fin. Les onze robots s'envolèrent en formation serrée, déchirant le nuage qui se dissipait, et, dans un ultime jet de flammes, ils réintégrèrent les entrailles de leur vaisseau immaculé qui, avec le bruit de cent mille personnes criant en chœur « pouf » ! s'évanouit promptement dans l'air impondérable d'où il avait mystérieusement jailli.

Il y eut un terrible instant de silence abasourdi puis, émergeant des dernières volutes de fumée, apparut la pâle silhouette de Saloprilopette, ressemblant plus que jamais à Moïse car — malgré l'absence persistante de la montagne — la pelouse tondue de près qu'il traversait était toute empanachée de fumée.

Le vieillard regarda autour de lui d'un air quelque peu affolé jusqu'à ce qu'il aperçoive enfin les silhouettes d'Arthur Accroc et de Ford Escort en train de se frayer un passage à travers la foule effrayée qui s'employait pour l'heure à détaler en rangs serrés dans la direction opposée. Une foule qui se disait à l'évidence que c'était pas une journée comme les autres et qui ne savait franchement plus à quel sens se vouer — si tant est que sens il y eût.

Saloprilopette criait et gesticulait frénétiquement à l'adresse de Ford et d'Arthur, tandis que leur trio convergeait graduellement vers le vaisseau, toujours parqué derrière les tableaux d'affichage et apparemment toujours ignoré de la foule piétinante qui avait sans doute en ce moment suffisamment de problèmes comme ça.

« Ils ont plus qu'une thune à défendre ! » cria Saloprilopette de sa petite voix qui chevrotait.

« Qu'est-ce qu'il raconte ? » haleta Ford, sans cesser de jouer des coudes.

Arthur hocha la tête. « Ils ont je ne sais trop quoi.

— Ils ont pris qu'une turne en décembre ! » répéta Saloprilopette.

Arthur et Ford se regardèrent et hochèrent la tête. « Ça m'a l'air urgent », remarqua Arthur. Il s'arrêta et cria : « Quoi ?

— Ils ont pis que l'urne à descendre ! » s'écria Saloprilopette, toujours gesticulant.

« Il dit, expliqua Arthur, qu'ils ont piqué l'urne des Cendres. Je crois que c'est ça qu'il dit.

— L'urne des… ?

— Cendres, oui », termina Arthur, laconique. « Les restes carbonisés d'un piquet de cricket. C'est un trophée. C'est… (il haletait)… apparemment… ce qu'ils… sont venus prendre. » Il hocha très légèrement la tête, comme s'il essayait de tasser sa cervelle un peu plus au fond de son crâne.

« Plutôt bizarre comme confidence, maugréa Ford.

— Plutôt bizarre, comme larcin.

— Plutôt bizarre, comme vaisseau. »

Ils étaient en effet arrivés devant l'appareil de Saloprilopette. Mais ce qui était bizarre, aussi, c'était de voir le champ de Clep à l'œuvre. Ils pouvaient à présent découvrir le vaisseau tel qu'il était tout simplement parce qu'ils le savaient là. Il était parfaitement évident, toutefois, qu'ils étaient les seuls dans ce cas. Et non pas parce que l'appareil était invisible ou autre truc hyper-impossible de cet acabit. La technique impliquée pour rendre un objet invisible est en effet d'une si infinie complexité que neuf cent quatre-vingt-dix-neuf milliards, neuf cent quatre-vingt-dix-neuf millions, neuf cent quatre-vingt-dix-neuf mille, neuf cent quatre-vingt-dix-neuf fois sur mille milliards, il est considérablement plus simple et plus efficace d'escamoter ledit objet et de se débrouiller sans : l'hyper célèbre sciento-magicien Effraxi d'Antel fit un jour le pari, sur sa vie, qu'en l'espace d'un an, il était capable de rendre totalement invisible le grand mont Mégamastock.

Ayant passé la majeure partie de l'année à danser la gigue autour de la montagne avec d'immenses Lux-O-Siphons, de gigantesques Réflecto-Nullificateurs et autres Spectro-Dérivomatics, il finit par se rendre compte, à neuf heures de l'échéance fatale, qu'il n'était pas près d'aboutir.

Alors, lui et ses amis, et les amis de ses amis, et les amis des amis de ses amis, et les amis des amis des amis de ses amis, et quelques autres amis un peu moins intimes qui se trouvaient posséder une grosse boîte de transport interstellaire, durent y passer ce qu'on considère généralement aujourd'hui comme la plus longue nuit blanche de l'histoire, mais le fait est là, le lendemain matin, le Mégamastock n'était plus visible. Effraxi perdit toutefois son pari — et donc la vie — par la faute des pinailleries d'un huissier pédant qui releva : petit a, en parcourant la zone où était censé se trouver le Mégamastock, qu'il n'avait trébuché sur rien, ne s'était pas cassé le nez sur quoi que ce soit, et, petit b, la présence hautement suspecte dans le ciel d'une lune supplémentaire.

Le champ de Clep est donc considérablement plus simple et plus efficace et, surtout, surtout, il peut fonctionner plus de cent heures d'affilée sur une simple pile ronde. Cela parce qu'il exploite la prédisposition naturelle des gens à ne pas voir ce qu'ils refusent de voir, qui les surprend ou qu'ils sont incapables d'expliquer. Si Effraxi avait peint sa montagne en rose avant d'installer dessus un petit champ de Clep à quat' sous, eh bien, les gens auraient pu passer devant, derrière, autour, voire dessus sans le moins du monde noter sa présence.

Et c'est là précisément ce qui se produisait avec le vaisseau de Saloprilopette. Il n'était pas rose mais l'eût-il été que cela n'aurait guère altéré son aspect et qu'en tout cas les gens auraient continué de l'ignorer tout du même.

Le plus extraordinaire toutefois restait que l'engin ne ressemblait que fort peu à un astronef avec ailerons, tuyères, sas de secours et tout le tintouin et beaucoup à un petit bistrot italien renversé.

Pour Arthur et Ford, c'était une vision surprenante et qui choquait profondément leur sensibilité.

« Oui, je sais », dit Saloprilopette qui se hâtait

justement à leur rencontre, hors d'haleine et fort agité, « mais il y a une raison... Venez, il faut qu'on y aille. Le cauchemar antique est revenu. Notre destin est scellé. Il faut partir sur l'heure.

— Direction un coin ensoleillé, j'espère », dit Ford. Arthur et lui suivirent Saloprilopette à l'intérieur de l'appareil et ils furent tout aussi surpris de ce qu'ils découvrirent dedans que totalement inconscients de ce qui se déroulait dehors.

A savoir qu'un vaisseau, encore un, mais celui-ci argenté et fuselé, descendait du ciel et se posait sur le gazon, tranquillement, sans faire de bruit, dépliant ses fines jambes arachnéennes dans un lent ballet de technologie.

Quand il eut atterri en douceur, une petite rampe se déplia. Une haute silhouette gris-vert en sortit et s'avança d'un pas décidé vers le petit attroupement qui s'était formé au centre du terrain pour secourir les blessés du récent et bizarre massacre. L'être venu d'ailleurs écarta les gens avec une calme assurance et parvint enfin devant un homme qui gisait, dans une navrante mare de sang, manifestement perdu pour la science médicale terrienne, et bien proche de rendre âme et boyaux. Le personnage s'agenouilla doucement à côté du mourant.

« Arthur Martin Accru ? » lui demanda-t-il.

L'homme opina faiblement, le regard empli d'une affreuse confusion.

« Vous n'êtes qu'un abruti de bon à rien, murmura la créature. Je crois qu'il fallait que vous le sachiez avant de nous quitter. »

Chapitre 5.

Les grandes heures de l'histoire galactique
Second volet
(repris de l'Almanach sidéral d'Histoire galactique
pour tous)

Depuis ses origines, la Galaxie a vu de vastes civilisations grandir et s'écrouler, grandir et s'écrouler, grandir et s'écrouler, et cela si souvent qu'il serait fort tentant de penser que la vie dans la Galaxie doit être :

a) quelque chose d'analogue au mal de mer — mal de l'espace, mal du temps, mal de civilisation ou autre ; et

b) stupide.

Chapitre 6.

Arthur eut l'impression que d'un coup le ciel s'ouvrait pour les laisser passer.

L'impression que les atomes de sa cervelle et les atomes du cosmos se traversaient mutuellement.

L'impression qu'il était emporté par le vent de l'univers et que le vent c'était lui.

L'impression qu'il était l'une des idées existant dans l'univers et que l'univers était une idée à lui.

L'impression qu'eurent les spectateurs du terrain de cricket de Lord, de leur côté, c'est qu'un *nouveau* restaurant touristique venait encore une fois de disparaître à peine ouvert mais enfin, C'était Leur Problème.

« Qu'est-ce qui s'est passé ? murmura Arthur vivement impressionné.

— On a décollé », dit Saloprilopette.

Arthur était allongé, figé de surprise, sur la couchette anti-g. Il n'était pas encore certain de ce qui lui arrivait — mal de l'espace ou révélation de la foi.

« Chouette bécane », murmura Ford, dans une tentative maladroite pour dissimuler à quel point la manœuvre l'avait impressionné, « mais alors, question décor »...

Durant une minute, le vieillard ne répondit pas. Il examinait les instruments de l'air d'un type qui essaie de convertir de tête les degrés Celsius en Fahrenheit pendant que sa maison brûle. Puis son front redevint serein et il resta quelques instants les yeux fixés sur le vaste écran panoramique où se dessinait le réseau étonnamment complexe des étoiles qui défilaient tels des traits d'argent autour d'eux.

Ses lèvres s'ouvrirent comme s'il essayait d'épeler quelque chose. Soudain, son regard revint, plein d'alarme, vers les instruments mais bientôt seul un léger froncement de sourcils trahit sa préoccupation. Il reporta les yeux sur l'écran ; se tâta le pouls ; son froncement de sourcils s'accrut un moment puis enfin disparut.

« C'est une erreur que d'essayer de comprendre les machines. Elles font rien qu'à me contrarier. Au fait, vous disiez ?

— Le décor... quelle misère !

— Dans les tréfonds fondamentaux, au cœur de l'esprit et de l'univers, dit Saloprilopette, réside une raison. »

Ford regarda autour de lui, l'œil scrutateur. Il considérait manifestement que c'était là une vue bien optimiste de la situation.

L'intérieur de la passerelle de commandement était vert sombre, rouge sombre, brun sombre, étriqué, et chichement éclairé. Fait inexplicable, la ressemblance avec un petit bistrot italien ne s'était pas arrêtée au sas. Et sous de petites flaques de lumière se détachaient des

plantes en pots, des tuiles vernissées et toutes sortes de
petits objets en cuivre plus ou moins identifiables.

Des fiasques enveloppées de rafia se tapissaient
hideusement dans l'ombre.

Quant aux instruments qui avaient mobilisé l'attention de Saloprilopette, ils se révélaient sertis dans le cul
de bouteilles elles-mêmes encastrées dans le béton.

Ford tendit la main pour l'effleurer.

Du simili-béton. Du plastique. Des bouteilles en
plastique dans du béton en toc.

Le tréfonds du cœur de l'esprit et de l'univers peut
aller se faire mettre, songea-t-il, c'est vraiment de la
merde. D'un autre côté, il était indéniable que la façon
dont le vaisseau avait manœuvré faisait ressembler le
Cœur-en-Or à une vulgaire brouette électrique.

Il descendit de sa couchette. S'épousseta. Regarda
Arthur qui fredonnait tranquillement tout seul dans son
coin. Regarda l'écran et n'y reconnut rien. Regarda
Saloprilopette. « Quelle distance a-t-on parcouru ? »

— Environ... les deux tiers du diamètre du disque
galactique, je dirais, en gros... Moui, en gros, les deux
tiers, je pense.

— C'est tout de même bizarre, remarqua placidement Arthur, plus on va vite et loin à travers l'univers,
et plus il semble vain d'essayer de s'y localiser, et plus
on se sent envahi — ou plutôt vidé — d'un profond
senti...

— Oui, très, très bizarre, coupa Ford. Où allons-
nous ?

— Nous allons, expliqua Saloprilopette, affronter un
antique cauchemar de l'univers.

— Et vous comptez nous déposer où ?

— Je vais avoir besoin de votre aide.

— Ah ! Dur. Ecoutez, il doit bien y avoir un coin
sympa où vous pourriez nous déposer... Laissez-moi
réfléchir... un coin où l'on puisse boire un bon coup en
écoutant de la musique bien grasse... Attendez que je
cherche. » Il sortit son exemplaire du *Guide du Routard*

galactique et fonça dans l'index aux sections sexe, drogue et rock & roll.

« Une malédiction a jailli des brumes du temps, poursuivait Saloprilopette.

— Oui, ça ne m'étonne pas, dit Ford. Eh ! » s'exclama-t-il en tombant par hasard dans l'index sur une entrée intéressante : « Teraroplopla Eccentrica ! Vous l'avez jamais rencontrée ? La pute à trois seins d'Eroticon Six. Certains disent que ses zones érogènes débutent à quelque six kilomètres de son corps. Personnellement, je m'inscris en faux : je dirais plutôt huit.

— Une malédiction, continuait Saloprilopette, qui engloutira la Galaxie dans le feu et la destruction et peut-être bien conduira l'univers à une fin prématurée. J'en suis persuadé, ajouta-t-il.

— Ça s'annonce mal, j'en ai peur, dit Ford. Enfin, avec un peu de chance, je serai trop rond pour le remarquer. Tenez, là (il martela du doigt l'écran du *Guide*), voilà un méchant coin, m'est avis qu'on devrait y aller. Qu'est-ce que t'en dis, Arthur ? Et cesse de marmotter des mantras ; fais un peu attention… t'es en train de rater des trucs importants. »

Arthur se redressa sur sa couchette, hocha la tête et demanda : « Où va-t-on ?

— Affronter un antique cauch…

— Vous, la ferme ! Arthur, on va faire un tour dans la Galaxie, histoire de prendre du bon temps. Est-ce une idée à ta portée ?

— Mais qu'est-ce qu'il regarde, Saloprilopette, avec cet air anxieux ?

— Rien.

Notre destin, dit Saloprilopette. Venez », ajouta-t-il avec une soudaine autorité, « j'ai bien des choses à vous montrer et bien des choses à vous dire ».

Il se dirigea vers un escalier en colimaçon de fer forgé vert qui était inexplicablement installé au beau milieu de la passerelle de commandement et entreprit de le gravir.

Les sourcils froncés, Arthur le suivit.

Désabusé, Ford fourra le *Guide* dans sa sacoche avant de marmonner : « D'après mon médecin, je souffre d'une malformation de la glande altruiste assortie d'une déficience de la fibre morale et en conséquence je suis dispensé de sauver les Univers. » Mais il n'en gravit pas moins les marches à leur suite.

Ce qu'ils découvrirent à leur sommet était tout aussi stupide — apparemment, du moins — et Ford hocha la tête, cacha son visage dans ses mains et s'affala contre une plante verte qu'il écrabouilla contre le mur.

« Le centre de calcul principal, expliqua Saloprilopette, imperturbable ; c'est ici que s'effectuent tous les calculs concernant la marche de ce vaisseau. Oui, je sais à quoi ça ressemble mais il s'agit en réalité de la projection holographique en quatre dimensions d'une série de fonctions mathématiques de la plus haute complexité.

— Ça ressemble à une farce, nota Arthur.

— Je sais à quoi ça ressemble », dit Saloprilopette, et il y pénétra.

A cet instant, Arthur crut dans un vague éclair soudain discerner ce que tout cela signifiait mais il se refusa à le croire. L'Univers ne pouvait quand même pas fonctionner comme ça, se dit-il, ce n'était pas possible. Sinon, ce serait aussi absurde que... que... il n'alla pas plus loin : la plupart des choses franchement absurdes auxquelles il pouvait songer s'étaient déjà produites.

Et c'en était là un exemple.

C'était une vaste cage de verre, une boîte — en fait une pièce.

Et dans cette pièce se trouvait une table, une longue table. Avec autour, une douzaine de chaises en bois tourné. Et dessus, une nappe, une sordide nappe à carreaux rouges et blancs, marquée de trous de cigarette sans doute disposés chacun selon une position mathématique précise.

Et sur la nappe, entourées de gressins à demi grignotés et de verres de vin à moitié bus, une douzaine d'assiettes contenant les reliefs de plats italiens que des convives robots picoraient distraitement.

Toute la scène était entièrement artificielle. Les clients robots étaient servis par un garçon robot, un sommelier robot et un robot maître d'hôtel. Le mobilier était artificiel, artificielle la nappe, et chaque denrée alimentaire était à l'évidence en mesure de présenter toutes les caractéristiques mécaniques, mettons d'un *pollo sorpreso* sans vraiment en être un.

Et tous ces éléments participaient ensemble d'un petit ballet — un manège complexe qui impliquait la manipulation de menus, calepins, additions, portefeuilles, chéquiers, cartes de crédit, montres, crayons et nappes en papier, et qui semblait à tout moment prêt à basculer dans la violence sans pour autant jamais déboucher nulle part.

Saloprilopette se hâta puis soudain parut prendre tout son temps pour deviser avec le maître d'hôtel tandis que l'un des clients robots — le genre auto-mac — glissait lentement sous la table en clamant ce qu'il escomptait bien faire à un certain mec à propos d'une certaine nana.

Saloprilopette prit la place qui venait d'être ainsi libérée et consulta le menu d'un œil connaisseur. Autour de la table, le tempo du manège parut comme s'accélérer imperceptiblement. Des discussions éclataient, les gens essayaient de se démontrer des choses sur les nappes. Ils s'adressaient de grands gestes et cherchaient à ausculter mutuellement leurs parts de poulet. La main du serveur commença de se déplacer sur son calepin à une vitesse dépassant les capacités d'une main humaine, puis bientôt à une vitesse dépassant les capacités de l'œil humain. Le rythme s'accélérait toujours. Toute la salle fut bientôt baignée d'une extraordinaire et pesante ambiance courtoise et quelques secondes plus tard, il sembla qu'un consensus venait enfin d'être atteint. Une nouvelle vibration parcourut tout le vaisseau.

Saloprilopette émergea de la salle vitrée.

« La Bistromathique, dit-il simplement, la plus puissante force de calcul mathémagique que connaisse la parascience. Suivez-moi à la C-deux I, la Chambre des Illusions Informationnelles. » Il leur passa devant et les entraîna, ahuris, dans son sillage.

Chapitre 7.

La navigation bistromathique est une merveilleuse méthode nouvelle autorisant le franchissement de vastes distances interstellaires sans dangereuses pertes de temps avec des Facteurs d'improbabilité.

La bistromathique n'est à proprement parler qu'une nouvelle manière révolutionnaire d'appréhender le comportement des nombres. De même qu'Einstein avait observé que le temps n'était pas un absolu mais dépendait du déplacement de l'observateur dans l'espace, et que l'espace n'était pas un absolu mais dépendait du déplacement de l'observateur dans le temps, de même on a compris aujourd'hui que les nombres ne sont pas absolus mais qu'ils dépendent du déplacement de l'observateur dans les restaurants.

Le premier nombre non absolu est le nombre de gens pour lesquels la table a été réservée. Ce nombre va varier au cours des trois premiers appels téléphoniques au restaurant pour se révéler en fin de compte n'avoir aucune relation apparente avec le nombre de personnes à se présenter effectivement dans la salle, ni avec le nombre de personnes à se joindre à elles par la suite, après le match/spectacle/raout/concert ni avec le nom-

bre de personnes à quitter la table quand elles découvrent qui vient d'arriver.

Le second nombre non absolu correspond à l'heure indiquée pour l'arrivée des susdits convives, heure dont on sait à présent qu'elle ressortit à l'un de ces concepts mathématiques des plus bizarres : le réciprenversexcluson — nombre qui par définition représente tout sauf lui-même. En d'autres termes, l'heure d'arrivée annoncée correspond au moment précis où aucun des membres du groupe n'a la moindre chance d'arriver. Les réciprenversexclusons jouent dorénavant un rôle vital dans quantité de branches des mathématiques, y compris les statistiques et la comptabilité, de même qu'ils entrent dans les équations de base utilisées pour concevoir le champ de C'est LEur Problème.

Le troisième exemple de non-absolu, et le plus mystérieux de tous, réside dans la relation entre le nombre de plats portés sur l'addition, le prix de chacun de ces plats, le nombre de convives autour de la table, et ce que chacun d'eux s'attend à payer (le nombre de convives à avoir effectivement de l'argent sur eux n'est qu'un épiphénomène dans le champ étudié).

Les écarts surprenants qui se font jour régulièrement à ce niveau restèrent inexplorés des siècles durant pour la bonne et simple raison que personne ne les prenait au sérieux. On les avait à l'époque mis sur le compte de manifestations telles que la politesse, la goujaterie, la pingrerie, la frime, la lassitude, l'émotivité ou l'heure tardive, ce qui les destinait par là même à l'oubli total dès le lendemain matin. Jamais on n'avait testé ces écarts dans des conditions de laboratoire car évidemment ils ne survenaient jamais dans les laboratoires — du moins, pas dans les laboratoires jugés honorables.

Et ce fut donc uniquement avec l'avènement des ordinateurs de poche que l'étonnante vérité apparut enfin au grand jour et cette vérité était celle-ci :

Les chiffres des additions écrites sur les calepins dans l'enceinte des restaurants ne suivaient pas les mêmes lois *mathématiques que les chiffres écrits sur n'importe quel autre bout de papier dans n'importe quel autre endroit de l'univers.*

Cette simple découverte fit sur la communauté scientifique l'effet d'une bombe. Elle la révolutionna complètement. On se mit dès lors à tenir une telle quantité de colloques mathématiques dans les restaurants les plus raffinés que bon nombre d'esprits parmi les plus fins de leur génération devaient succomber à l'obésité et aux défaillances cardiaques, ce qui devait faire régresser la science mathématique de plusieurs années.

Lentement toutefois, on commença de saisir les implications soulevées par cette idée. Pour commencer, tout cela avait été trop raide, trop dingue, trop « j'aurais pu vous le dire si vous me l'aviez demandé », pour reprendre l'expression de l'homme de la rue. Puis on exprima des expressions du genre : « matrice de subjectivité interactive » et tout le monde put enfin se décrisper et poursuivre ses recherches dans la sérénité.

Quant aux petits groupes de moines qui avaient pris l'habitude de venir traîner autour des principaux instituts de recherche en psalmodiant des chants étranges pour proclamer que l'Univers ne serait qu'un fantasme issu de Sa propre imagination, on leur accorda une subvention de comédiens de rue et ils ne tardèrent pas à déguerpir.

Chapitre 8.

« Dans les voyages spatiaux, voyez-vous », dit Saloprilopette, tout en pianotant sur certains des instruments dans la Chambre des Illusions Informationnelles, « dans les voyages spatiaux... »

Il se tut et regarda autour de lui.

La Chambre des Illusions Informationnelles procurait un soulagement bienvenu après les monstruosités visuelles du centre de calcul principal : il n'y avait rien dedans. Ni informations ni illusions. Rien qu'eux, entre quatre murs blancs et quelques petits instruments qui avaient l'air de devoir se brancher dans quelque chose que Saloprilopette était apparemment incapable de retrouver.

« Oui ? » pressa Arthur. Il avait bien saisi le sentiment d'impatience du vieillard mais ne savait qu'en faire.

« Oui qui ? fit ce dernier.

— Vous disiez ? »

Saloprilopette le considéra avec intérêt puis répondit enfin : « Les chiffres sont monstrueux. » Il reprit sa recherche.

Arthur dodelina du chef d'un air entendu. Au bout d'un moment, il se rendit compte que tout cela n'allait le mener nulle part et il décida qu'après tout il pouvait bien lancer un : « Quoi ?

— Dans les voyages spatiaux, répéta Saloprilopette, tous les chiffres sont monstrueux. »

Arthur dodelina derechef et se retourna vers Ford, quêtant son aide, mais Ford s'entraînait présentement à se morfondre dans son coin et il y faisait des progrès sensibles.

« J'essayais simplement, reprit Saloprilopette avec un soupir, de vous épargner la peine de me demander pourquoi tous les calculs de navigation du vaisseau étaient effectués sur une note de restaurant. »

Arthur fronça les sourcils.

« Mais pourquoi diable tous les calculs de navigation du vaisseau sont-ils effectués sur une note de... » Il s'arrêta.

Et Saloprilopette répondit : « Parce que dans les voyages spatiaux, tous les chiffres sont monstrueux. »

Il voyait bien qu'il ne se faisait toujours pas comprendre. « Ecoutez, reprit-il, sur une note de restaurant, les chiffres s'envolent. Vous avez certainement dû constater ce phénomène.

— Ben...

— Sur une note de restaurant, poursuivait Saloprilopette, le réel et l'irréel entrent en conflit à un niveau tellement fondamental que chacun vient prendre la place de l'autre et que tout devient possible dans les limites de certains paramètres.

— Quels paramètres ?

— C'est impossible à dire. C'est d'ailleurs l'un des paramètres. C'est incroyable mais vrai. Du moins, je pense que c'est incroyable, ajouta-t-il. Mais je suis certain que c'est vrai. »

A cet instant, il repéra dans le mur la fente qu'il cherchait et il y encliqueta l'instrument qu'il avait dans les mains. « Ne vous inquiétez pas », dit-il puis, brusquement, il se jeta lui-même un regard alarmé avant de se ressaisir, « c'est »...

Ils n'entendirent pas ses paroles car à cet instant précis le vaisseau autour d'eux disparut en clin d'œil tandis que, jailli de la nuit morcelée de l'espace, un croiseur stellaire de la taille d'une petite ville industrielle des Midlands plongeait sur eux, tous lasers crépitants.

Une cauchemardesque tempête d'éclairs brûlants déchira les ténèbres et dégomma un bon morceau de la planète située juste derrière eux.

Ils ouvrirent la bouche, les yeux exorbités, incapables d'émettre un cri.

Chapitre 9.

Un autre monde, un autre jour, un autre matin.

Le premier mince rai de lumière de l'aube apparut dans le silence.

Une masse de plusieurs billions de trillions de tonnes de noyaux d'hydrogène en fusion dans la formidable explosion d'une fournaise atomique s'éleva lentement au-dessus de l'horizon, faisant de son mieux pour se donner l'air modeste, frileux et légèrement humide.

Il est un moment à chaque aube où la lumière est comme en suspens ; un instant magique où tout peut arriver. La création retient son souffle.

Ce moment passa, comme il passait régulièrement sur Coinslab-Huhl Bêta, c'est-à-dire sans incident notable.

La brume s'attardait, accrochée à la surface des marais, nappant de gris les arbres et noyant les hautes herbes. Figée, immobile, comme retenant son souffle.

Rien ne bougeait.

C'était le silence.

Le soleil lutta sans conviction contre la brume, cherchant à diffuser ici un peu de chaleur, là un peu de lumière mais manifestement aujourd'hui encore n'allait être qu'une vaine et longue route à travers le ciel.

Rien ne bougeait.

Toujours le silence.

Rien ne bougeait.

Silence.

Rien ne bougeait.

Très souvent, sur Coinslab-Huhl Bêta, des journées entières s'écoulaient ainsi et ce jour allait manifestement être de ceux-là.

Quatorze heures plus tard, le soleil se coucha derrière l'horizon opposé, désespéré et convaincu de la totale vanité de ses efforts.

Et quelques heures plus tard il réapparut, bomba le torse et reprit son ascension à travers le ciel.

Cette fois cependant, quelque chose se produisit : un matelas venait de rencontrer un robot.

« Salut, le robot ! dit le matelas.

— Bââh », fit le robot en poursuivant son activité, à savoir tourner en rond très lentement en décrivant un cercle absolument minuscule.

« Heureux ? » lança le matelas.

Le robot s'arrêta et regarda le matelas. Il le regarda avec perplexité. C'était manifestement un matelas très stupide. Il lui rendit son regard avec de grands yeux.

Après qu'il eut marqué (avec une précision de dix chiffres significatifs) la pause la plus apte à exprimer un mépris global et définitif pour toutes les considérations matelassières, le robot reprit son périple en cercles serrés.

« On pourrait avoir une conversation, reprit le matelas. Ça vous plairait ? »

C'était un grand matelas, et sans doute de la meilleure qualité. A vrai dire, on fabriquait fort peu de choses à présent, car dans un Univers infiniment vaste tel que, par exemple, celui dans lequel nous vivons, la plupart des choses qu'on puisse imaginer — et une quantité d'autres qu'on aimerait mieux ne pas imaginer — croissent quelque part. Ainsi avait-on récemment découvert une forêt dont la plupart des arbres donnaient en guise de fruit des tournevis à cliquet. Le cycle biologique du fruit qu'est le tournevis à cliquet se révèle tout à fait passionnant : une fois cueilli, il exige un tiroir sombre et poussiéreux au fond duquel il puisse reposer des années sans être dérangé. Puis, une nuit, il va brusquement s'ouvrir et se débarrasser de sa coque qui va tomber en poussière, pour émerger sous l'aspect d'un petit objet métallique totalement non identifiable muni d'une collerette à chaque bout, avec une sorte d'arête et comme un trou pour une vis. Lorsqu'on le trouve dans cet état, on n'a plus qu'à le jeter. Nul ne sait quel profit on est censé en tirer. La nature, dans son infinie sagesse, travaille sans doute là-dessus.

Nul ne sait non plus quel profit les matelas sont censés tirer de leur existence. Ce sont de grosses créatures amicales et pleines de ressorts qui vivent une vie tranquille et retirée dans les marécages de Coinslab-Huhl Bêta. Quantité de ces êtres se font capturer, massacrer, sécher, expédier et finalement dormir dessus. La plupart d'entre eux ne semble pas s'en formaliser. D'ailleurs, ils s'appellent tous Laplupard.

« Non, dit Marvin.

— Je m'appelle Laplupard, dit le matelas. On pourrait peut-être causer du temps. »

Nouvelle pause de Marvin dans son lassant piétinement circulaire. « La rosée, observa-t-il, tombe avec un bruit écœurant, ce matin. » Il reprit sa marche, comme propulsé par cet éclat verbal vers de nouveaux sommets d'abattement et de mélancolie. Il piétina avec ténacité. S'il avait eu des dents, il en aurait grincé. Il n'en avait pas. Il ne pouvait donc pas. Mais son piétinement était éloquent.

Le matelas baticouina longuement. Chose dont seuls sont capables les matelas des marécages, ce qui explique pourquoi le terme n'est guère usité. Il baticouinait d'ailleurs de manière fort sympathique, projetant dans l'opération d'appréciables quantités d'eau. Il souffla quelques bulles d'un air engageant. Ses rayures blanches et bleues luirent fugitivement dans un pâle rayon du soleil qui était parvenu contre toute attente à traverser soudain la brume, permettant à la créature de jouir momentanément de son éclat.

Marvin piétinait.

« Vous, vous avez quelque chose dans la tête, dit le matelas blouffeusement.

— Plus que vous ne pourriez l'imaginer, lugubra Marvin. Mes capacités intellectuelles de toutes sortes sont aussi illimitées que l'infini de l'espace lui-même. Si l'on ne tient pas compte, bien sûr, de mon aptitude au bonheur. »

(Et que je te piétine.)

« Dans ce domaine, ajouta-t-il, mes capacités pourraient tenir à l'aise dans une boîte d'allumettes sans qu'il soit même besoin de la vider. »

Le matelas glapitonna (c'est le bruit émis par un matelas vivant, habitant des marais, lorsqu'il est profondément ému par le récit d'une tragédie personnelle). Le mot peut également, selon l'*Edition intégrale du Grand Dictionnaire Maximégalon de toutes les langues possibles* se rapporter au bruit émis par le Grand Mogol de Rahk quand il s'aperçoit qu'il vient d'oublier pour la deuxième année consécutive l'anniversaire de sa femme. Comme il n'y a jamais eu qu'un seul et unique Grand Mogol de Rahk et qu'il ne s'est jamais marié, le terme n'est usité que dans une acception négative ou spéculative et l'on note qu'une part grandissante de l'opinion considère que l'*Intégrale du Grand Dictionnaire Maximégalon* ne vaut pas le déplacement de camions qu'exige tout transport de son édition microfilmée. Détail bizarre, le dictionnaire omet le terme « blouffeusement », qui signifie simplement « à la manière de ce qui est blouffeux ».

Le matelas glapitonna de nouveau.

« Je perçois comme un profond abattement dans vos diodes », bilia-t-il (pour la signification du mot « bilier », procurez-vous un exemplaire de *l'Argot naute des marais de Coinslab-Huhl* chez n'importe quel soldeur ou bien achetez l'*Edition intégrale du Grand Dictionnaire Maximégalon,* d'autant que l'université sera très heureuse de s'en débarrasser pour récupérer de coûteux emplacements de parcage) « et cela m'attelasse. Vous devriez vous montrer un peu plus matelassier. Nous vivons une existence bien tranquille dans notre marais, heureux de bilier et de baticouiner, et prenant la vie sous un jour simplement blouffeux. Certes, la plupart d'entre nous se font tuer mais comme on s'appelle tous Laplupard, ça fait qu'on ignore le destin de Laplupard, ce qui a pour effet de réduire au maximum le glapitonnage... Mais pourquoi tournez-vous en rond ?

— Parce que j'ai la jambe coincée, dit simplement Marvin.

— Voilà me semble-t-il », (observa le matelas, d'un regard apitoyé), « une jambe dans un bien triste état.

— Vous avez parfaitement raison.

— Couet' alors ! fit le matelas.

— Oui, je suppose, dit Marvin ; comme je suppose que vous devez trouver très amusante l'idée d'un robot muni d'une jambe mécanique. Vous devriez aller raconter ça à vos amis… Je suis sûr que pour Laplupard ou Laplupard ce sera la franche hilarité, comme je les connais (ce qui n'est bien sûr pas le cas — sinon dans la mesure où je connais toutes les formes de vie organique, ce qui n'est pas un cadeau, croyez-le bien). Ha ! Enfin, mon existence n'aura été qu'une longue suite de vis sans fin… »

Et il se remit à décrire son petit cercle en piétinant autour du mince pivot de son pilon qui tournait dans la boue mais y restait obstinément coincé.

« Mais pourquoi tournez-vous donc ainsi sans arrêt ? demanda le matelas.

— Juste pour asseoir ma réputation, répondit Marvin sans cesser de tourner.

— Elle est assise, mon ami, moltonna le matelas, elle est assise.

— Laissez-moi encore un million d'années, dit Marvin. Un petit million d'années vite fait. Ensuite, j'essaierai peut-être dans le sens inverse. Histoire de changer un peu, vous voyez. »

Le matelas sentait bien jusqu'au plus profond de ses spires à quel point le robot brûlait de s'entendre demander depuis combien de temps il piétinait et pataugeait infructueusement de si futile façon et sur le même placide molton, il lui posa donc la question :

« Oh ! je viens tout juste de franchir le cap du million et demi, tout juste », fit Marvin, sur un ton dégagé. « Demandez-moi plutôt si je me suis ennuyé, allez, demandez-moi. »

Le matelas obtempéra.

Marvin ignora la question, se contentant de patauger de plus belle.

« Un jour, j'ai fait un discours », dit-il soudain, apparemment sans rapport. « Vous ne voyez peut-être pas immédiatement le rapport mais c'est parce que mon esprit travaille à une vitesse tellement phénoménale et que je suis — c'est une très grossière approximation — trente milliards de fois plus intelligent que vous. Laissez-moi vous fournir un exemple. Pensez à un chiffre, n'importe lequel.

— Euh, cinq.

— Faux. Vous voyez ? »

Le matelas fut effectivement fort impressionné et comprit qu'il était en présence d'un esprit hors du commun. Il se dunlopila de tout son long, faisant naître de petites rides toutes excitées sur les hauts-fonds de son marigot nappé d'algues.

Il épéda.

« Parlez-moi, fit-il d'un ton pressant, de cette allocution que vous avez faite un jour, j'ai hâte de l'entendre.

— Elle fut très mal accueillie, pour quantité de raisons. Je l'ai prononcée », ajouta-t-il, s'interrompant pour essayer de tendre gauchement son plus mauvais bras mais le bon, navrant détail, était soudé contre son côté gauche, « par là-bas, à quinze cents mètres d'ici ».

Il indiquait comme il put (et avec le dessein manifeste de bien montrer qu'il faisait de son mieux), à travers la brume et par-dessus les hautes herbes, un coin de marécage parfaitement identique à n'importe quel autre point du marécage.

« Par là, répéta-t-il. J'étais plus ou moins une célébrité à l'époque. »

L'excitation s'empara du matelas. Il n'avait jamais entendu parler de discours prononcé sur Coinslab-Huh ! Bêta, et surtout pas par des célébrités. L'eau gicla tout autour de lui tandis qu'un frisson lui multispirait l'échine.

Il fit alors ce que bien peu de matelas se fatiguent à

faire : rassemblant toutes ses forces, il cabra son corps oblong, le redressa pesamment et resta quelques secondes, tout frémissant, pour scruter la brume au-dessus des hautes herbes, dans la direction du coin de marécage indiqué par Marvin, observant — sans grande surprise — qu'il était parfaitement identique à n'importe quel autre coin du marécage. Mais l'effort était trop grand et il se ratapla dans sa mare en arrosant Marvin sous un déluge odorant de boue, de vase et d'algues.

« Je fus une célébrité, bourdonna tristement le robot, durant un bref laps de temps, pour avoir échappé (d'une manière aussi miraculeuse qu'amèrement appréciée) à un destin guère moins doux que la mort, dans le cœur d'un soleil incandescent. »

Puis il ajouta : « Vous pouvez déduire de mon présent état que ce fut de justesse. J'ai été sauvé en fait par un ferrailleur, vous imaginez. Et me voilà, moi, un cerveau de la taille de... enfin, peu importe. »

Il pataugea sauvagement durant quelques secondes.

« C'est lui qui m'a réparé avec cette jambe. Odieux, non ? Il m'a vendu ensuite à un montreur de cerveaux. J'étais le clou du spectacle. Assis sur une caisse, je devais raconter mon histoire à un auditoire qui ne cessait de m'enjoindre d'être gai et constructif. " Souris-nous, petit robot ", qu'ils criaient, " rigole donc un coup. " Alors j'étais obligé de leur expliquer qu'amener sur mon visage un sourire aurait exigé deux bonnes heures d'atelier avec une clé à molette et dans l'ensemble ils comprenaient très bien.

— Le discours ! Le discours ! pressa le matelas. Il me tarde d'entendre votre discours dans les marais.

— Il existait un pont qui traversait le marécage. Un hyperviaduc cyberstructuré, long de centaines de kilomètres pour permettre aux camionisés et aux cabrioniques de franchir le marais.

— Un pont, boutonna le matelas. Ici, dans le marécage ?

— Un pont, confirma Marvin, ici, dans le marécage. Il devait revitaliser l'économie du système coinslab-huhleux. Ils avaient épuisé toute l'économie coinslab-huhleuse pour sa construction. Et ils m'ont demandé de l'inaugurer. Les pauvres niais ! »

La pluie s'était mise à tomber doucement, en bruine fine à travers la brume.

« Je me trouvais sur le tablier. Sur des centaines de kilomètres devant moi, et sur des centaines de kilomètres derrière, le pont s'étendait...

— Chatoyant ? renchérit le matelas.

— Chatoyant.

— Enjambant majestueusement l'espace ?

— Enjambant majestueusement l'espace.

— S'étirant comme un fil d'argent pour se perdre dans les brumes au loin ?

— Oui, dit Marvin. Vous voulez entendre cette histoire ?

— Je veux entendre votre discours.

— Eh bien, voilà ce que je leur ai dit : J'ai dit : " J'aimerais vous dire à quel point c'est pour moi un plaisir, un honneur et un privilège d'inaugurer ce pont mais j'en suis totalement incapable car tous mes circuits de mensonge sont hors d'usage. Je vous déteste et vous méprise tous autant que vous êtes. Je déclare à présent cette infortunée cyberstructure ouverte aux excès insensés de tous ces fous qui s'apprêtent à la fouler sans la moindre pudeur. " Et là-dessus, je me suis connecté aux circuits d'ouverture. »

Marvin marqua une pause au souvenir de ce moment.

Le matelas épéda, boutonna et multispira. Il bati-couina, moltonna et se dunlopila, ceci d'ailleurs d'une manière tout particulièrement blouffisseuse.

« Couet' ! » tréqua-t-il enfin. « Ce fut une cérémonie magnifique, alors ?

— Raisonnablement magnifique. Instantanément, le viaduc rétracta ses deux mille kilomètres de travées chatoyantes et télescopiques et s'abîma plaintivement dans la fange en emportant avec lui toute l'assistance. »

Il y eut une triste et terrible pause à cet instant de la conversation, pause durant laquelle un chœur de cent mille personnes sembla crier inopinément : « plouc » puis une équipe de robots blancs descendit du ciel en formation serrée, comme une pluie de graines de pissenlit emportées par le vent. Durant un bref instant de violence, ils furent tous là, dans le marécage, arrachant à Marvin sa fausse jambe, avant de réintégrer leur vaisseau qui disparut en faisant « pouf ».

« Vous voyez le genre de truc auquel je dois faire face ? » dit Marvin au matelas, franchement défoncé.

Soudain, quelques instants plus tard, les robots étaient de retour pour accomplir un nouvel acte de violence, mais cette fois, après leur départ, le matelas se retrouva tout seul dans le marais.

Alors, il se mit à baticouiner, inquiet et surpris. La peur le faisait presque débourrer. Il en était tout décousu. Il se cabra pour voir au-dessus des hautes herbes mais il n'y avait rien à voir, ni robot, ni viaduc chatoyant, ni vaisseau, rien que d'autres hautes herbes. Il écouta, mais le vent n'apportait aucun bruit, hormis le cri maintenant familier des étymologistes rendus à demi fous qui se hélaient au loin à travers le morne bourbier.

Chapitre 10.

Le corps d'Arthur Accroc tournoyait.

L'Univers autour de lui se brisa en un million de fragments scintillants et chacun des éclats tourbillonna silencieusement dans le vide, reflétant sur l'argent de sa surface quelque unique et déchirant holocauste de flammes et de destruction.

Alors, les ténèbres qui sont derrière l'Univers explosèrent et chacun de ces fragments de ténèbres était peuplé des fumées furieuses de l'enfer.

Alors le néant qui est derrière les ténèbres qui sont derrière l'Univers éclata, et derrière le néant qui est derrière les ténèbres derrière l'Univers apparut enfin la sombre et majestueuse silhouette d'un homme immense à l'immense voix.

« Ainsi donc », dit l'immense silhouette, installée dans un fauteuil immensément confortable, « voilà comment se déroulèrent les Guerres kriquètes, le plus grand désastre qu'ait jamais connu notre Galaxie. Ce que vous venez d'éprouver… »

Saloprilopette passa en flottant dans le champ de vision, et fit un signe de la main : « Ce n'est qu'une pub. Pas très bonne d'ailleurs. Vraiment, excusez-moi… je cherche le bouton de rembobinage… »

« … est ce que des milliards de milliards d'innocentes… »

« Surtout », grommela Saloprilopette, passant en flottant dans le sens contraire (tout en tripatouillant l'objet qu'il avait branché dans le mur de la Chambre des Illusions Informationnelles, et qui y était en fait toujours branché), « refusez d'acheter quoi que ce soit ».

« … victimes, des gens, des créatures, vos frères… »

La musique alla crescendo — là encore, une musique immense, des chœurs immenses. Et derrière l'homme, lentement, trois immenses colonnes émergèrent des immenses volutes de la brume.

« … ont éprouvé, ont vécu — ou plutôt n'ont pas survécu. Pensons-y, mes amis. Et tâchons de nous souvenir — d'ailleurs, d'ici quelques instants, je serai en mesure de vous suggérer un moyen de ne pas oublier — qu'avant les Guerres kriquètes, la Galaxie était cette chose rare et merveilleuse : une Galaxie heureuse » !

Le crescendo musical s'était fait délirant.

« Une Galaxie heureuse, mes amis, telle que la symbolise l'emblème du Grand Guichet ! »

Les trois colonnes étaient à présent parfaitement visibles, trois piliers surmontés de deux barres disposées transversalement, l'ensemble éveillant une impression étonnamment familière à l'esprit fort enfumé d'Arthur.

« Les trois piliers, tonnait l'homme. Le Pilier d'Acier, symbole de la Force et du Pouvoir de la Galaxie ! »

Des faisceaux de projecteur déchirèrent l'obscurité pour danser follement du haut en bas du pilier de gauche dont la surface évoquait indubitablement l'acier ou quelque matière fort similaire. La musique tonnait et beuglait de plus belle.

« Le Pilier de Plexi, annonça l'homme, symbole des pouvoirs de la Science et de la Raison dans la Galaxie ! »

De nouveaux projecteurs décrivirent d'exotiques arabesques de bas en haut de la transparente colonne de droite, générant de vertigineux motifs dans son épaisseur et, dans l'estomac d'Arthur, une inexplicable et vertigineuse envie de crème glacée.

« Et, poursuivit la voix tonitruante, le Pilier de Bois, symbole... (et là, la voix se fit un soupçon plus rauque, comme pleine de sentiments élevés)... des forces de la Nature et de la Spiritualité ! »

Les lumières accrochèrent la colonne centrale. La musique monta vaillamment vers des sommets totalement assourdissants.

« Et, posés sur eux, tonna la voix, maintenant proche de l'apoplexie, le Bâton d'Or de la Prospérité et le Bâton d'Argent de la Paix ! »

Toute la structure était à présent inondée d'une lumière aveuglante et la musique avait désormais (et c'était une chance) dépassé de loin les limites de l'audible. Au sommet des trois piliers, les deux bâtons scintillants des témoins reposaient, resplendissants. Il y avait, semblait-il, des danseuses assises dessus — censées peut-être figurer des anges. Quoique en général on représente les anges un peu plus vêtus.

Il se fit soudain un silence théâtral, sans doute censé figurer le Cosmos, et la lumière décrut.

« Il n'est pas un monde, vibra la voix experte de l'homme, pas un monde civilisé dans la Galaxie où ce symbole ne soit révéré, même encore aujourd'hui. Jusque sur les planètes les plus primitives, ce symbole demeure dans l'inconscient de la race. Voilà ce que les forces de Kriquète ont détruit, et voilà ce qui dorénavant verrouille à jamais leur monde jusqu'à la fin des temps ! »

Et, dans un mouvement plein d'emphase, l'homme exhiba entre ses mains un modèle du Grand Guichet. Il était terriblement difficile d'en estimer l'échelle au milieu de cet extraordinaire spectacle mais le modèle semblait faire dans les trois pieds de haut.

« Il ne s'agit pas de la vraie clé, bien entendu. Tout le monde sait que celle-ci a été détruite, soufflée dans les perpétuels remous du continuum spatio-temporel et pour toujours perdue. Non, il s'agit en vérité d'une réplique remarquable, ciselée à la main par d'habiles artisans, assemblée avec amour en faisant appel à d'antiques secrets de fabrication, pour former ce superbe souvenir que vous serez fier de posséder, en mémoire de ceux qui sont tombés, en hommage à la Galaxie — notre Galaxie — pour laquelle un jour ils sont morts... »

Juste à ce moment, Saloprilopette vint flotter de nouveau dans le champ. « Trouvé ! Allez, on va pouvoir oublier ces conneries. Surtout, ne hochez pas la tête, c'est tout ! »

« Et maintenant, inclinons la tête, en règlement... » entonna la voix, avant de répéter son message, beaucoup plus vite, et à l'envers.

La lumière s'alluma et s'éteignit, les piliers disparurent, l'homme disparut à son tour dans le néant en bredouillant, l'Univers se reconstitua brusquement autour d'eux.

« Pigé, le truc? fit Saloprilopette.

— Je suis étonné, dit Arthur, et abasourdi.

— Je dormais », dit Ford qui venait faire une flottante réapparition, « j'ai manqué quelque chose »?

Ils se retrouvèrent de nouveau à deux pas de basculer par-dessus le bord d'une falaise épouvantablement élevée. Le vent les recoiffait avant d'aller balayer la plaine sur laquelle les décombres de l'une des plus vastes et des plus puissantes astro-flottes militaires jamais assemblées dans la Galaxie étaient en train de se reconstituer au milieu des flammes. Le ciel était d'un rose menaçant tirant sur le bleu et le noir vers le zénith, en passant par une teinte passablement bizarre. En dégringolaient d'épaisses volutes de fumée qui venaient se rassembler à une vitesse proprement incroyable.

Les événements défilaient maintenant à rebours sous leurs yeux presque trop vite pour être discernables et ce n'est que lorsque, peu après, un énorme croiseur de bataille s'enfuit devant eux comme s'ils lui avaient fait « hou ! » qu'ils se reconnurent à leur point de départ.

Mais à présent, les choses étaient trop rapides, bouillie vidéo-tactile qui les frôlait et les balayait à travers les siècles de l'histoire galactique, et tournait, et dansait, et clignotait. Le bruit n'était plus qu'un infime tressaillement.

Périodiquement, à travers l'amoncellement croissant des événements, ils parvenaient à déceler d'atterrantes catastrophes, percevoir de profondes horreurs, ressentir des chocs cataclysmiques, et ces épisodes étaient toujours associés avec certaines images récurrentes, les seules à ressortir distinctement dans cette dégringolante avalanche de faits historiques : un guichet de cricket, une petite balle rouge et dure, de grands robots durs et blancs, et aussi quelque chose de plus indistinct, quelque chose de sombre et de brumeux...

Mais il y avait aussi une autre sensation qui se détachait de ce défilement crépitant du temps.

De même qu'une lente série de clics, en accélérant leur rythme, perdent toute individualité pour se fondre graduellement et constituer un son continu et de plus en plus aigu, de même, ici, une série d'impressions espacées se fondaient pour former comme une émotion continue — et encore, même pas une émotion. Ou si c'en était une, elle en était totalement dépourvue : c'était de la haine, une haine implacable. Froide, non pas comme l'est la glace, mais comme peut l'être un mur. Impersonnelle, non pas comme l'est un coup de poing dans une foule anonyme mais comme peut l'être un avis de contravention délivré par un ordinateur. Et elle était mortelle — là aussi, non pas comme est mortelle la balle ou le couteau — mais comme peut l'être un mur de brique en travers d'une autoroute.

Et tout comme une note de plus en plus aiguë va changer de caractère et, dans son ascension, gagner des harmoniques, de même, encore, cette émotion dépourvue d'émotion semblait monter vers un cri insupportable bien que silencieux, et qui soudain parut se muer en un cri de culpabilité, et d'échec.

Et brusquement, tout cessa.

Ils se retrouvèrent au sommet d'une douce colline dans le calme du soir.

Le soleil se couchait.

Tout autour d'eux, le paysage, en douces ondulations de verdure, se déroulait mollement dans le lointain. Des oiseaux chantaient leur opinion sur la question, opinion *a priori* globalement favorable. A quelques pas de là, on pouvait entendre les ris et les cris d'enfants au jeu et un peu plus loin encore que l'origine apparente de ces bruits, on pouvait dans la pénombre du soir distinguer les contours d'une petite ville.

La ville se révélait essentiellement formée de constructions plutôt basses et bâties en pierres blanches. La ligne de leurs toits dessinait des courbes agréables et douces.

Le soleil avait presque entièrement disparu.

Une musique naquit, jaillie de nulle part.

Saloprilopette bascula un interrupteur et la musique s'interrompit.

Une voix dit : « Voici... » Saloprilopette bascula un interrupteur et la voix se tut.

« Je vais vous expliquer », dit-il calmement.

L'endroit respirait la paix. Arthur se sentait heureux. Même Ford semblait de bonne humeur. Ils firent quelques pas en direction de la ville et l'Illusion Informationnelle de l'herbe était élastique et plaisante sous leurs pieds et l'Illusion Informationnelle des fleurs était douce et parfumée à leur nez. Seul Saloprilopette semblait se montrer inquiet et pas dans son assiette.

Il s'arrêta et leva les yeux.

Il apparut soudain à Arthur que, venant ainsi au bout — ou plutôt, au début — de toutes les horreurs qu'ils venaient confusément de traverser, quelque chose d'épouvantable devait forcément se passer. Il se sentit désemparé à l'idée que quelque chose d'épouvantable pût advenir dans un coin aussi idyllique que celui-ci. Il leva les yeux à son tour. Mais le ciel était vide.

« Ils ne vont tout de même pas attaquer ici, non ? » Il avait beau savoir qu'il traversait un vulgaire enregistrement, il se sentait quand même inquiet.

« Il n'y aura aucune attaque ici », dit Saloprilopette d'une voix subitement frémissante d'émotion. « Car c'est ici que tout commence. Nous sommes sur les lieux mêmes. Sur Kriquète. »

Il contempla le ciel.

Le ciel, d'un horizon à l'autre, de l'est à l'ouest, du nord au sud, était totalement, intégralement noir.

Chapitre 11.

Clop. Clop.
Vrrrrrrr.
« Ravie de vous servir.
— Ferme-la !
— Merci. »
Clop. Clop. Clop. Clop. Clop.
Vrrrrrrr.
« Merci de faire le bonheur d'une simple porte.
— Va te faire repeindre les diodes !
— Merci encore. Et bonne journée. »
Clop. Clop. Clop. Clop.
Vrrrrrrr.
« C'est un plaisir de m'ouvrir pour vous...
— Dégage !
— ... et ma fierté de me refermer avec la satisfaction
du travail bien fait.
— J'ai dit : dégage !
— Merci d'avoir écouté ce message ! »
Clop. Clop. Clop. Clop.
« Plouc ! »
Zappy cessa soudain de clopiner. Il clopinait en rond
sur le *Cœur-en-Or* depuis des jours et jusqu'à mainte-
nant, pas une seule porte ne lui avait dit « plouc ». Il
était d'ailleurs à peu près certain qu'aucune porte ne
venait de lui dire « plouc ». D'abord, ce n'était pas le
genre de chose que disaient les portes. Trop concis. Qui
plus est, il n'y avait pas assez de portes. Or, ça avait fait
comme si cent mille personnes avaient clamé en
chœur : « plouc ! », ce qui le rendit quelque peu
perplexe vu qu'il était seul à bord.
L'obscurité régnait. La plupart des systèmes de bord
non essentiels au pilotage étaient coupés. Le vaisseau

dérivait paresseusement dans une zone reculée de la Galaxie, dans les tréfonds des ténèbres d'encre de l'espace. Alors, quelles pouvaient être ces cent mille personnes pour venir se pointer ici et lancer ce « plouc » totalement inopiné ?

Il parcourut du regard la coursive d'un côté, puis de l'autre. Tout était plongé dans une ombre profonde. Seuls se détachaient, vaguement rose pâle, les encadrements des portes qui luisaient dans l'obscurité et pulsaient chaque fois qu'elles parlaient, bien qu'il eût tout tenté pour les faire taire.

Zappy avait coupé l'éclairage pour éviter que ses têtes se regardent, déjà qu'en temps normal aucune des deux n'était un spectacle engageant, et ça ne s'était pas amélioré depuis qu'il avait fait l'erreur funeste de regarder à l'intérieur de son âme.

Ça avait été une erreur funeste, assurément.

Ça avait eu lieu un soir, tard, évidemment.

Ça avait été une journée difficile, évidemment.

Il y avait eu de la musique sentimentale sur la sono de bord — évidemment.

Et, évidemment, il avait un peu bu.

En d'autres termes, toutes les conditions propices à un accès d'introspection étaient réunies mais ça restait, malgré tout, manifestement une erreur.

Immobile à présent, seul dans le corridor sombre et silencieux, il se remémora cet instant et frissonna. Sa première tête regarda d'un côté, et l'autre de l'autre et chacune estima que c'était l'autre côté le bon.

Il écouta mais ne put rien entendre.

Il n'y avait eu que ce : « plouc ! ».

Cela lui paraissait quand même un incroyable déplacement pour amener une incroyable quantité de gens rien que pour dire un seul mot.

Nerveux, il entreprit de se diriger vers le pont.

Là au moins, il avait l'impression d'avoir la situation en main. Il s'immobilisa. Tel qu'il se sentait en ce moment, il ne se jugeait pas précisément le plus qualifié pour avoir en main la situation.

A y repenser, le premier choc en cet instant avait été pour lui de découvrir qu'il possédait effectivement une âme.

A vrai dire, il avait toujours plus ou moins supposé en avoir une — tout comme il possédait un assortiment complet de tout le reste, et même certaines pièces en double — mais découvrir, comme ça, à l'improviste, la chose tapie au fond de lui, ça lui avait flanqué une sacrée secousse.

Et puis découvrir (second choc) que ce n'était pas l'objet absolument magnifique qu'on pouvait s'attendre à rencontrer de plein droit chez un homme dans sa position, il y avait eu de quoi être secoué de nouveau.

Puis il avait alors réfléchi à ce qu'était réellement sa position et, sous ce nouveau choc, il avait bien failli renverser son verre. Il se dépêcha de l'écluser avant que ne lui advienne quoi que ce soit de fâcheux. Puis il s'en envoya un second, histoire de filer le premier et vérifier qu'il était bien passé.

« La liberté », dit-il tout haut.

Trillian apparut à cet instant sur le pont et lança deux trois considérations enthousiastes sur ce thème de la liberté.

« ... je n'arrive pas à m'y faire », termina-t-il sombrement, avant de s'enfiler un troisième verre — chargé quant à lui de voir pourquoi diantre le second n'avait pas encore rendu compte des activités du premier.

Il considéra ses deux interlocutrices avec incertitude et préféra finalement celle de droite.

Il dépêcha un nouveau verre par son second gosier — avec mission de rattraper le précédent au confluent et, aidé de ce renfort, d'aller ensemble aider le second à se ressaisir. Ensuite, à eux trois, ils pourraient se mettre à la recherche du premier, le sermonner vertement et — éventuellement — lui sonner un peu les cloches.

N'étant pas certain que le quatrième verre avait bien

tout compris, il en enfila un cinquième chargé d'expliquer plus complètement ce plan, puis un sixième en guise de soutien moral.

« Vous buvez trop », observa Trillian.

Il se cogna les têtes à essayer de faire le tri entre les quatre Trillians qu'il voyait à présent réunies sous la même personne. Puis il y renonça, préféra regarder l'écran de navigation et ne fut pas peu surpris d'y découvrir un nombre absolument phénoménal d'étoiles.

Il marmonna : « Le dépaysement, le rêve, l'aventure, tu parles !

— Ecoutez... », lui dit-elle sur un ton compatissant en s'asseyant près de lui, « dans votre situation, il est parfaitement compréhensible que vous vous sentiez un peu désœuvré ».

Il la considéra, les yeux ronds. Il n'avait encore jamais vu quelqu'un s'asseoir sur ses propres genoux.

« Houla-la ! » fit-il avant de se resservir un nouveau verre.

« Vous avez achevé la mission sur laquelle vous étiez depuis des années.

— Je n'étais pas dessus, observa Zappy. J'ai tout fait pour éviter d'être dessus.

— N'empêche que vous l'avez achevée. »

Il grogna. Il avait l'impression que ça déménageait sérieux dans son estomac.

« Je crois plutôt que c'est elle qui m'a achevé. Mais regardez-moi, moi, Zappy Bibicy, je peux aller n'importe où faire n'importe quoi. J'ai le plus grand vaisseau de tout le ciel connu, une nana avec laquelle tout semble marcher comme sur des roulettes.

— Ah bon ?

— Enfin, autant que je puisse en juger. Je ne suis pas un expert en relations personnelles... »

Trillian arqua les sourcils.

« Bref, s'empressa-t-il d'ajouter, je suis un sacré

bonhomme. Je peux faire absolument tout ce que je veux — sauf que je ne vois vraiment pas quoi... »

Une pause.

« Les choses, ajouta-t-il enfin, ont cessé de s'enchaî-ner les unes les autres. » En contradiction de quoi, il s'enfila un ultime verre et glissa sans grâce de son fauteuil.

Pendant qu'il cuvait, Trillian opéra quelques recher-ches dans l'exemplaire de bord du *Guide du Routard galactique.* Il avait peut-être quelque conseil à prodi-guer concernant l'ébriété.

Effectivement. C'était : « Au boulot, et amusez-vous bien ! »

Il y avait également un renvoi à l'article traitant des dimensions de l'Univers et des moyens d'en venir à bout.

Puis Trillian trouva un article sur Peukohm-I, planète de villégiature exotique et l'une des merveilles de la Galaxie.

Peukohm-I est un monde essentiellement formé de casinos et de fabuleux palaces ultra-luxueux qui tous ont été formés par l'érosion naturelle due au vent et à la pluie.

Les chances pour qu'une telle éventualité se produise sont plus ou moins de une sur l'infini. On sait peu de chose sur l'origine du phénomène car aucun géophysi-cien, statisticien, probabiliste, météoroanalyste ou bizarrologue susceptible d'approfondir la question n'a les moyens de s'y payer un séjour.

Super, se dit Trillian, *in petto,* et, en l'affaire de quelques heures, leur grande basket blanche de vais-seau rétrofusait avec une majestueuse lenteur dans le ciel de Peukohm-I, sous un soleil resplendissant pour se poser sur le sable éclatant d'un astroport vivement coloré. Leur vaisseau fit incontestablement sensation et Trillian s'amusait beaucoup. Elle entendait Zappy, tout sifflotant, vaquer à quelque occupation quelque part à bord.

« Comment ça va ? s'enquit-elle par l'interphone.

— Bien, fit-il joyeusement. Super bien.

— Où êtes-vous ?

— Dans la salle de bains.

— Qu'est-ce que vous comptez faire ?

— Y rester. »

Au bout d'une heure ou deux, il devint patent qu'il ne plaisantait pas et le vaisseau regagna donc les cieux sans avoir un seul instant ouvert son sas.

« Et c'est reparti ! » fit Eddie l'ordinateur.

Trillian hocha la tête avec patience, elle tapota ses doigts deux trois fois puis enfin pressa le bouton de l'interphone.

« Je ne crois pas que la gaieté forcée soit le remède idéal dans votre état.

— Sans doute pas », répondit Zappy, du fond de quelque recoin.

« J'ai idée qu'un petit défi physique vous ferait le plus grand bien.

— Vos idées seront les miennes. »

IMPOSSIBILITÉS RÉCRÉATIVES : ce titre accrocha l'œil de Trillian lorsque, peu après, elle s'assit pour feuilleter à nouveau le *Guide* et, tandis que le *Cœur-en-Or* se ruait à des vitesses improbables dans une direction indéterminée, elle lut, tout en sirotant une tasse du breuvage imbuvable servi par le Nutrimatic, l'article traitant de la meilleure façon de voler.

Voici ce que le *Guide du Routard galactique* avait à dire sur la question :

Il existe un art, ou plutôt un truc, pour voler.

Le truc est d'apprendre à se flanquer par terre en ratant le sol.

Choisir de préférence une belle journée pour s'y essayer.

La première partie est facile : elle requiert simplement la capacité à se jeter en avant de tout son poids et la volonté de ne pas avoir peur de se faire mal.

C'est-à-dire de se faire mal si on n'arrive pas à rater le sol.

La plupart des gens n'arrivent pas à rater le sol et s'ils s'y sont bien pris, il est probable qu'ils n'arriveront pas à le rater assez durement.

A l'évidence, c'est bien dans la seconde partie, le ratage, que résident principalement les difficultés.

Le problème est en effet qu'il faut parvenir à rater le sol *accidentellement*. Inutile de vouloir délibérément rater le sol : ça ne marchera pas. Il faut avoir l'attention subitement distraite à mi-parcours, de manière à ne plus penser à la chute, au sol, ou à quel point ça va faire mal si on manque de le rater.

Il est notoirement difficile de détourner son attention des trois susdits éléments durant la fraction de seconde dont on dispose.

D'où l'échec constaté chez la majorité des gens et leur conséquente déception quant à la pratique de ce sport pourtant exaltant et spectaculaire.

Si toutefois l'on a la chance d'être momentanément distrait à l'instant crucial par — mettons — une séduisante paire de jambes (tentacules/pseudopodes, selon le phylum et/ou les penchants personnels) ou l'explosion d'une bombe à proximité immédiate ou encore la découverte impromptue d'une variété particulièrement rare de scarabée trottinant sur une brindille proche, alors, d'étonnement, on en ratera complètement le sol pour rester à flotter à quelques centimètres seulement au-dessus, et ce d'une manière qui pourrait paraître *a priori* quelque peu stupide.

Vient alors un moment de superbe et délicate concentration.

On flotte, on se balance ; on se balance, on flotte.

Il est conseillé d'ignorer toute considération sur son propre poids et de se laisser simplement dériver vers le haut.

Surtout, ne rien écouter de ce que pourrait dire à cet

instant l'entourage car il est peu probable que ce soit d'une quelconque utilité.

Il y a de grandes chances en effet qu'on ait droit à des remarques du genre : « Bon Dieu mais c'est pas possible ! »

Il est d'une importance vitale de n'en tenir aucun compte sous peine de leur donner immédiatement raison.

Continuer de se laisser flotter de plus en plus haut.

On peut s'essayer à quelques piqués, doucement d'abord, puis aller planer au-dessus de la cime des arbres, toujours en respirant régulièrement.

NE FAIRE SIGNE À PERSONNE.

Au bout de quelques essais, on s'apercevra rapidement qu'il devient de plus en plus facile d'acquérir le moment de distraction.

On pourra dès lors apprendre à mieux diriger son vol, contrôler sa vitesse, sa manœuvrabilité, le truc étant en général de ne pas trop penser à ce que l'on veut faire mais plutôt de laisser simplement les choses se produire comme si c'était de toute manière inévitable.

On apprendra également à réussir son atterrissage ; manœuvre où l'on se plante presque toujours — et durement — lors du premier essai.

Il existe des aéroclubs privés où l'on pourra s'inscrire avec profit pour apprendre à parvenir à ce crucial moment de distraction. Ces clubs louent des instructeurs à l'anatomie ou aux opinions surprenantes qui sont chargés de jaillir de derrière un fourré pour exhiber et/ou expliquer l'un ou l'autre à l'instant fatidique. Peu de routards authentiques auront les moyens de s'inscrire à de tels clubs mais certains seront susceptibles d'y trouver un emploi temporaire.

Trillian lut l'article de bout en bout mais à regret jugea que Zappy n'était pas vraiment dans les conditions d'esprit idéales pour s'essayer à voler — ou tenter de soulever les montagnes, ou essayer de faire enregistrer un avis de changement d'adresse par les services administratifs de Libra Menthombe, tous autres exemples également référencés sous la rubrique « Impossibilités récréatives ».

A la place, elle dirigea le vaisseau sur Bahrjus-Komathe, un monde de glace, de neige et d'une beauté à fendre l'âme — et d'un froid à pierre fendre. La piste qui mène des plaines enneigées d'Ezampul jusqu'au sommet des Pyramides de Cristal Nékipèles est long et pénible, même avec des skis à réaction et un attelage de chiens de traîneau bahrjus-komathains mais le panorama qui s'offre depuis le sommet, embrassant la mer de Glace de Pihq, les scintillantes montagnes Prismatiques et les lointaines aiguilles Ethérées est de ceux qui vous fendent l'âme avant de la faire lentement basculer vers des horizons de beauté totalement inouïs et Trillian sentait que pour une fois, elle pourrait bien se laisser lentement basculer l'âme vers des horizons de beauté totalement inouïs.

Ils descendirent en orbite basse.

En dessous d'eux, Bahrjus-Komathe s'étendait dans toute sa beauté argentée.

Zappy resta au lit, une tête cachée sous l'oreiller et l'autre à faire des mots croisés jusqu'à une heure avancée de la nuit.

Trillian hocha de nouveau patiemment la tête, compta jusqu'à un nombre passablement élevé puis se dit que l'important désormais était simplement de l'amener à causer.

Alors, après avoir désactivé tous les robots culinomatiques, elle prépara le repas le plus fabuleusement délicieux qu'elle pût élaborer — viandes délicates, fruits parfumés, fromages odorants, vins fins d'Aldébaran.

Elle lui porta ces mets somptueux et lui demanda s'il se sentait d'humeur à se confier.

« Dégage ! » dit Zappy.

Trillian hocha patiemment la tête, compta jusqu'à un

nombre encore plus fabuleusement élevé, écarta le plateau, gagna la salle de transports et alla se faire téléporter au diable.

Elle n'avait même pas pris la peine de programmer des coordonnées. Elle n'avait pas la moindre idée de sa destination. Elle partit simplement, pointillé de hasard pulvérisé dans l'univers.

Tout, se dit-elle en partant, tout, plutôt que ça.

« Bonne chose de faite », marmonna Zappy, puis il se retourna et ne parvint pas à trouver le sommeil.

Le lendemain, il parcourut sans répit les coursives désertes du vaisseau, l'air de ne pas la chercher, bien qu'il sût pertinemment qu'elle n'était plus là. Il ignora les questions plaintives de l'ordinateur qui aurait bien voulu savoir de quoi diable il retournait, en lui fourrant un petit bâillon électronique en travers de deux de ses terminaux.

Au bout d'un moment, il commença à éteindre les lumières. Il n'y avait rien à voir. Rien à attendre.

Allongé sur son lit, une nuit — et la nuit était virtuellement perpétuelle à bord — il décida de se ressaisir, de refaire le point, en quelque sorte. Il se releva brusquement et commença de s'habiller. Il décida qu'il devait bien exister dans l'Univers quelqu'un de plus malheureux, de plus misérable, de plus abandonné que lui et il prit la décision de partir à sa recherche et de le retrouver.

A mi-chemin de la passerelle, il lui vint à l'esprit que ce pouvait bien être Marvin et il retourna se coucher.

C'est quelques heures plus tard, alors qu'il clopinait inconsolable au long des coursives obscures en injuriant des portes pleines d'entrain qu'il entendit prononcer le « plouc » qui devait le rendre très nerveux.

Il s'appuya, crispé, contre la paroi de la coursive, les sourcils froncés comme un homme qui essaie de détordre un tire-bouchon par télékinésie. Posant le bout des doigts contre la cloison, il perçut une vibration inhabituelle. Et à présent, il pouvait distinctement entendre de légers bruits, il pouvait même repérer leur provenance : ils venaient de la passerelle.

Parcourant des doigts la cloison, il effleura un objet qu'il crut reconnaître non sans plaisir.

Il s'avança un peu plus, en silence.

Il chuchota : « Ordinateur ?

— Mmmmmmm ? » répondit le terminal à côté de lui, tout aussi silencieux.

« Y a-t-il quelqu'un à bord ?

— Mmmmmmm, fit l'ordinateur.

— Qui est-ce ?

— Mmmmmmm Mmmm Mmmmmm, fit l'ordinateur.

— Quoi ?

— Mmmmmmm Mmmm Mmmm Mmmmmmmm. » Zappy se cacha l'un des visages dans ses deux mains. « Et Zarquon ! » se grommela-t-il pour lui seul. Puis il regarda l'extrémité de la coursive, là-bas, vers l'entrée de la passerelle : c'était de là que lui provenaient de plus en plus nettement les bruits et c'était là que se trouvaient les deux terminaux qu'il avait bâillonnés.

« Ordinateur ! souffla-t-il encore.

— Mmmmmmm ?

— Quand je t'aurai ôté ton bâillon...

— Mmmmmmmm.

— Rappelle-moi de me flanquer une beigne sur la gueule.

— Mmmmmmm. Mmm ?

— Sur les deux. A présent, réponds-moi simplement par oui ou par non. Une fois pour oui, deux fois pour non. Est-ce qu'il y a un danger ?

— Mmmmmm.

— Sûr ?

— Mmmmmm.

— Tu n'aurais pas fait deux fois Mmmmmm ?

— Mmmmmm Mmmmmm.

— Hummmmmm. »

Il remonta pas à pas la coursive, d'un air à préférer la dévaler au triple galop, ce qui était l'exacte vérité.

Il était arrivé à cinquante centimètres de la porte donnant sur la passerelle lorsqu'il se rendit soudain compte avec horreur qu'elle allait se montrer aimable avec lui. Il se figea. Il n'avait pas été fichu de déconnecter leurs circuits vocaux de politesse.

L'accès à la passerelle était dérobé à la vue par la grâce de la manière superbement tordue avec laquelle ses concepteurs en avaient dessiné l'arrondi et Zappy avait espéré y entrer sans être vu.

Il se radossa, découragé, contre le mur et lança quelques remarques amères que son autre tête jugea particulièrement choquantes.

En examinant l'encadrement rose pâle de la porte, il s'aperçut que dans la pénombre de la coursive, il arrivait presque à distinguer le champ du capteur qui balayait le couloir et indiquait à la porte — dès qu'une présence se manifestait — pour qui elle devait s'ouvrir et à qui elle devait lancer une remarque plaisante et enjouée.

Il se colla contre le mur et se glissa vers la porte, aplatissant la poitrine le plus possible pour éviter d'effleurer le presque imperceptible périmètre du champ. Il retenait sa respiration et se félicitait d'avoir passé les derniers jours à se morfondre au lit plutôt qu'à chercher à se changer les idées et à développer sa capacité thoracique dans la salle de gym de bord.

Alors il se rendit compte qu'il allait bien falloir qu'il parle.

Il prit son souffle par brèves inspirations puis dit, le plus vite et le plus bas qu'il put : « Porte, si tu m'entends, dis-le-moi, très, très bas. »

Très, très bas, la porte répondit : « Je vous entends.

— Bien. Bon, dans un instant, je vais te demander de t'ouvrir. Quand tu seras ouverte, je ne veux pas t'entendre dire que ça t'a fait plaisir, d'accord ?

— D'accord.

— Et je ne veux pas t'entendre dire que j'ai su faire le bonheur d'une simple porte, ni que tu as été ravie de t'ouvrir pour moi, et fière de te clore avec la satisfaction du travail bien fait. Vu ?

— Vu.

— Et je ne veux pas t'entendre me souhaiter une bonne journée. Tu comprends ?

— Je comprends.

— Parfait, dit Zappy en bandant ses muscles. Et maintenant, ouvre-toi ! »

La porte glissa doucement. Zappy se glissa doucement par l'embrasure. La porte se referma doucement derrière lui.

« Est-ce que ça vous va comme ça, monsieur Bibicy ? beugla la porte à tue-tête.

— Je voudrais que vous imaginiez », lança Zappy en s'adressant au groupe de robots blancs qui venaient à l'instant de se retourner avec ensemble et le dévisageaient, « que j'ai dans les mains un pistolet Décap'Net extrêmement puissant. »

Il y eut un silence immensément glacial et sauvage ; les robots le considéraient de leur regard hideusement mort. Ils étaient rigoureusement immobiles. Il y avait dans leur aspect quelque chose d'intensément macabre, surtout pour Zappy qui n'en avait jamais vu auparavant et qui ne savait rien d'eux. Les Guerres de Kriquète appartenaient au passé lointain de la Galaxie, et Zappy avait passé presque tous ses cours d'histoire à élaborer un moyen de parvenir à sauter sa voisine de cyberpupitre et comme son ordinateur d'enseignement avait été intégralement mobilisé dans ce but, il s'était finalement retrouvé tous les circuits purgés et remplacés par des programmes d'un tout autre ordre d'idée, ce qui avait entraîné sa radiation et son transfert dans une institution pour Cybermats Dégénérés — où l'avait illico rejoint la fille qui était malencontreusement tombée amoureuse de l'infortunée machine avec pour résultat final, petit a, que Zappy n'avait jamais pu l'approcher et petit b, qu'il avait manqué une période entière de l'histoire antique, période qui lui aurait été d'un inestimable secours dans les circonstances présentes.

Il contempla les robots, abasourdi.

Sans qu'on pût dire pourquoi, leur corps blanc, lisse, immaculé, semblait l'incarnation parfaite du mal pur, absolu, clinique. De leurs yeux hideusement morts à l'extrémité de leurs pieds puissamment inertes, ils apparaissaient clairement comme le produit d'un esprit dont le seul objectif était de tuer. Zappy déglutit, glacé de terreur.

Ils avaient en partie démantelé la cloison du fond de la passerelle et s'étaient forcé un passage à travers quelques-uns des éléments vitaux de l'astronef. Et à travers cet amas de décombres, Zappy, de plus en plus horrifié, put voir qu'ils continuaient de se percer un passage, cette fois vers le cœur même du vaisseau, le cœur du générateur d'improbabilité qui s'était si mystérieusement matérialisé à partir du néant, le *Cœur-en-Or* proprement dit.

Le robot le plus proche de lui le considéra d'un air propre à suggérer qu'il jaugeait dans leur moindre détail son corps, son âme et ses aptitudes. Et lorsqu'il parla, ce qu'il dit sembla corroborer cette impression.

Mais avant d'en venir à ce qu'il dit, il convient de noter ici que Zappy était le premier être organique vivant à entendre parler une de ces créatures depuis quelque chose comme plus de dix milliards d'années. S'il avait prêté un peu plus attention à ses cours d'histoire antique et moins à son être organique, sans doute eût-il été plus impressionné par un tel honneur.

La voix du robot était pareille à son corps : froide, lisse et sans vie. Elle avait presque comme un petit grincement cultivé. Elle respirait en tout cas l'antiquité.

Et la voix dit : « Vous avez effectivement un pistolet Décap'Net dans la main. »

L'espace d'un instant, Zappy ne saisit pas ce qu'il voulait dire puis, baissant les yeux sur sa propre main, il eut le soulagement de découvrir que ce qu'il avait trouvé arrimé contre la cloison était effectivement ce qu'il s'était imaginé trouver.

« Ouais », fit-il en grimaçant une espèce de sourire soulagé (ce qui était fort habile), « eh bien, j'aurais pas voulu te surmener l'imagination, robot. » Pendant quelques instants, personne ne pipa mot, et Zappy se rendit compte que les robots n'étaient manifestement pas ici pour faire la conversation et que ce serait donc à lui d'en faire les frais.

« Je suis bien obligé de constater que vous avez parqué votre vaisseau (et là, il hocha l'une des têtes dans la direction appropriée) à travers le mien. »

C'était indiscutable. Sans le moindre égard pour la plus élémentaire conduite dimensionnelle, ils avaient purement et simplement matérialisé leur appareil à leur guise, ce qui signifiait que les deux vaisseaux étaient tout bonnement emmêlés comme deux vulgaires peignes.

Là non plus, on ne daigna pas lui répondre et Zappy se demanda si la conversation avait des chances d'être lancée s'il énonçait sa part du dialogue sous la forme de questions :

« ... pas vrai ? ajouta-t-il donc.

— Oui, rétorqua le robot.

— Euh... bon. Alors, les mecs, qu'est-ce que vous venez faire ici ? »

Silence.

« Alors, les robots, qu'est-ce que vous venez faire ici ?

— Nous sommes venus, racla le robot, chercher l'Or du Bâton. »

Zappy opina. Il agita son arme pour l'inviter à être plus explicite. Le robot parut comprendre.

« Le Bâton d'Or est un des éléments de la Clé que nous cherchons, poursuivit la créature, afin de pouvoir délivrer nos Maîtres de Kriquète. »

Zappy opina encore. Et agita encore son arme.

« La Clé, poursuivit tranquillement le robot, s'est volatilisée dans le temps et l'espace. Le Bâton d'Or s'est retrouvé encastré dans le dispositif de propulsion de votre vaisseau. Il sera réintégré dans la Clé. Nos Maîtres seront libérés. L'Universel Réajustement se poursuivra. »

Zappy opinait toujours. Puis il demanda : « Mais de quoi parlez-vous donc ? »

Une expression légèrement peinée sembla se dessiner sur les traits par ailleurs totalement dénués d'expression du robot. Il avait l'air de trouver la conversation déprimante.

« Je parle de l'oblitération », expliqua-t-il avant de répéter : « Nous cherchons la Clé. Nous avons déjà le Pilier de Bois, le Pilier d'Acier et le Pilier de Plexi. D'ici peu, nous aurons récupéré le Bâton d'Or...

— Non, vous ne l'aurez pas.

— Si, nous l'aurons, affirma le robot.

— Non, vous ne l'aurez pas. C'est avec ça que marche mon vaisseau.

— D'ici peu, répéta patiemment le robot, nous aurons récupéré le Bâton d'Or...

— Non, dit Zappy.

— Et alors », poursuivit le robot sans se départir de son sérieux, « nous devrons aller à une soirée...

— Oh ? » fit Zappy fort surpris. « Je pourrai venir ?

— Non. Car nous allions vous descendre.

— Ah ouais ? fit Zappy en agitant son arme.

— Oui », fit le robot et ils le descendirent.

Zappy fut tellement surpris qu'ils durent le redescendre avant qu'il ne se décide à tomber.

Chapitre 12.

« Chhhhht ! » dit Saloprilopette. Ecoutez et regardez.

La nuit était à présent tombée sur l'antique Kriquète. Le ciel était sombre et vide. La seule lueur était celle de la ville proche d'où provenaient d'agréables exclamations de gaieté, doucement portées par la brise. Ils s'étaient immobilisés sous un arbre qui les baignait d'entêtantes fragrances. Arthur s'accroupit pour tâter les Illusions Informationnelles de la terre et de l'herbe. Il les fit couler entre ses doigts. La terre semblait grasse et riche, l'herbe vigoureuse. Il était bien difficile de ne pas succomber à l'impression que l'endroit était parfaitement délicieux à tous égards.

Le ciel toutefois, était extrêmement vide et semblait, aux yeux d'Arthur, jeter comme un froid sur le paysage, certes pour l'instant invisible mais par ailleurs totalement idyllique. Enfin, supposa-t-il, tout cela était sans doute question d'habitude.

Il sentit qu'on lui tapait sur l'épaule et leva les yeux. Saloprilopette avait tranquillement reporté son attention sur quelque chose, au bas de l'autre versant de la colline. En écarquillant les yeux, il put tout juste distinguer quelques vagues lueurs qui ondulaient et dansaient en progressant avec lenteur dans leur direction.

A mesure que les lueurs se rapprochaient, des sons devinrent perceptibles et, bientôt, sons et lueurs se résolurent en un petit groupe de gens qui regagnaient la ville par le coteau.

Ils passèrent tout près de nos observateurs dissimulés derrière l'arbre, agitant des lanternes qui faisaient follement danser leur douce lumière sur l'herbe et les buissons, devisant gaiement et chantant même un petit air qui proclamait à quel point tout allait super bien, comme ils étaient heureux et ravis de travailler aux champs et comme il était agréable de rentrer chez soi retrouver femme et enfants, le tout assorti d'un refrain entraînant sur le thème de comme les fleurs sentent bon à cette période de l'année et comme il est triste que le petit chien soit mort lui qui les aimait tant. Arthur pouvait presque imaginer Paul McCartney, assis les pieds calés contre l'âtre et fredonnant cet air le soir à sa Linda, tout en se demandant ce qu'il allait bien pouvoir s'acheter avec les droits d'auteur — peut-être bien l'Essex.

« Les Maîtres de Kriquète », souffla Saloprilopette d'une voix sépulcrale.

Débouchant ainsi à brûle-pourpoint sur les talons de ses réflexions personnelles sur l'Essex, cette remarque engendra chez Arthur un instant de confusion. Puis la logique de la situation s'imposa d'elle-même à son esprit déboussolé et il découvrit qu'il ne comprenait toujours pas ce que voulait dire le vieillard.

« Quoi ? fit-il.

— Les Maîtres de Kriquète », répéta Saloprilopette et si son souffle avait été sépulcral tout à l'heure, cette fois il évoquait quelque occupant de l'Hadès affligé d'une bronchite.

Arthur reluqua le groupe en essayant de s'y retrouver dans le peu d'information dont il disposait à ce point.

Ces gens étaient manifestement extra-terrestres, ne serait-ce que par leur apparente petite taille, leur minceur, leurs traits anguleux et pâles au point de paraître blafards mais, en dehors de ça, ils lui parurent remarquablement plaisants, un peu fantasques d'accord, on n'aurait pas nécessairement fait un long trajet en leur compagnie, mais le fait est que s'ils déviaient en quoi que ce soit de l'image classique du brave type, c'est sans doute en étant trop braves que pas assez. Alors, pourquoi Saloprilopette se livrait-il à tout ce cinéma haletant, plus approprié à une pube radiophonique pour un de ces navets sur les manipulateurs de tronçonneuse qui aiment bien rapporter du boulot à la maison ?

Et puis, cette histoire de Kriquète était quand même assez délicate. Il n'avait pas encore tout à fait pigé le rapport qu'il pouvait y avoir entre ce qu'il connaissait du cricket et ce...

Saloprilopette interrompit ici le flot de ses pensées, comme s'il avait perçu ce qui lui trottait dans la tête.

« Le jeu que vous connaissez sous le nom de cricket (et sa voix semblait toujours errer dans les tréfonds de quelque passage souterrain) n'est rien autre qu'une de ces bizarres déformations de l'inconscient collectif, capable de garder une image vivace à l'esprit, des éternités après que leur signification véritable se fut perdue dans les brumes du temps. De toutes les races de la Galaxie, seuls les Anglais pouvaient sans doute faire revivre le souvenir des guerres les plus épouvantables qui eussent jamais écartelé l'Univers, en le transformant en ce qui, j'en ai peur, est généralement considéré comme un jeu parfaitement ennuyeux et totalement dépourvu du moindre intérêt.

« Ce jeu, je l'apprécie, quant à moi, ajouta-t-il, mais, aux yeux de la plupart des gens, vous vous êtes étourdiment rendus coupables du plus grotesque des mauvais goûts. Surtout dans cette phase où la petite balle rouge vient violemment frapper le guichet, où là, c'est franchement ignoble.

— Hum », dit Arthur avec un froncement soucieux des sourcils qui indiquait que ses synapses faisaient de leur mieux pour se dépatouiller avec tout ça. « Hum...

— C'est avec ceux-là », reprit Saloprilopette, retombant à nouveau dans le caverneux guttural pour indiquer le groupe de fanatiques de Kriquète qui venaient de leur passer devant, « que tout a commencé — et ça doit commencer dès ce soir. Venez, on va les suivre et vous verrez pourquoi. »

Ils se glissèrent hors de l'abri de l'ombre pour suivre la joyeuse troupe sur le sentier obscur. Leur instinct naturel leur indiquait de progresser en silence et sur la pointe des pieds bien que — vu qu'ils étaient simplement en train de se balader dans une Illusion Informationnelle, ils auraient tout aussi bien pu jouer de l'hélicon pour le peu d'effet que ça aurait produit chez ceux qu'ils filaient.

Arthur nota que deux des membres du groupe chantaient à présent un autre morceau. Ses accents leur parvenaient, portés par la douce brise nocturne et c'était une ballade romantique et sucrée qui aurait permis à McCartney de ramasser le Kent et le Sussex et de faire une offre intéressante sur le Hampshire.

« Vous savez sans aucun doute, dit Saloprilopette à Ford, ce qui est sur le point de se produire ?

— Moi ? Non.

— Avez-vous appris l'histoire de l'antiquité galactique quand vous étiez petit ?

— J'avais le cyberpupitre juste derrière Zappy, expliqua Ford. C'était extrêmement distrayant. Ce qui ne veut pas dire que je n'ai pas appris quelques trucs assez sidérants. »

A cet instant, Arthur remarqua dans la chanson qu'il écoutait un détail curieux : le pont (qui aurait permis à McCartney d'asseoir fermement ses positions sur Winchester pour reluquer la grosse galette, par-delà la vallée de la Test, du côté de New Forest), le pont, donc, avait de drôles de paroles : l'auteur y évoquait en effet la rencontre avec une fille non pas « sous la lune » ou « au pied des étoiles » mais « sur le gazon », ce qui lui parut un tantinet prosaïque. Puis il leva de nouveau les yeux vers le ciel d'un vide surprenant et eut à cet instant la nette sensation que résidait là-haut quelque détail d'importance, sans qu'il parvînt à cerner quoi. Tout cela lui donnait l'impression d'être seul dans l'univers et il s'en ouvrit à Saloprilopette.

« Non, dit ce dernier en pressant légèrement le pas.

Les habitants de Kriquète ne se sont jamais dits " Nous sommes seuls dans l'Univers ". Mais voyez-vous, un gigantesque nuage de poussière entoure leur unique soleil avec son unique planète et ils sont en plus situés à l'extrême lisière orientale de la Galaxie. A cause de ce nuage, il n'y a jamais rien eu à contempler dans leur ciel. La nuit, il est totalement vide. Le jour, il y a bien le soleil mais comme il n'est pas question de le regarder en face, ils ne le regardent pas. C'est tout juste d'ailleurs s'ils ont conscience de l'existence du ciel. C'est comme s'ils avaient une tache aveugle qui s'étendrait sur 180 degrés d'un horizon à l'autre.

« Voyez-vous, la raison pour laquelle ils ne se sont jamais dits " Nous sommes seuls dans l'Univers " est que jusqu'à ce soir encore, ils ignorent l'existence de l'Univers. Jusqu'à ce soir. »

Et il repartit, laissant ces mots résonner dans l'air derrière lui.

« Imaginez : ne jamais même penser " nous sommes seuls ", tout simplement parce qu'on n'a jamais eu l'idée d'imaginer qu'il pourrait en aller autrement. »

Il reprit de nouveau sa progression puis ajouta : « J'ai bien peur que tout ceci ne s'annonce quelque peu déroutant. » (Tandis qu'il parlait, ils prirent conscience d'un imperceptible grondement, tout là-haut, là-haut, dans le ciel obscur au-dessus d'eux. Ils levèrent les yeux, emplis d'inquiétude, mais durant quelques secondes n'y distinguèrent pas grand-chose.)

Puis Arthur remarqua que les membres du groupe qu'ils filaient avaient également perçu le bruit mais qu'apparemment aucun d'eux ne savait qu'en déduire : ils regardaient autour d'eux avec consternation, à gauche, à droite, devant, derrière, et même par terre. Il ne leur vint pas une seule fois à l'idée de regarder en l'air.

L'intensité du choc et de l'horreur qu'ils exprimèrent peu après lorsque l'épave embrasée d'un astronef en perdition déchira les cieux dans un hurlement de

tonnerre avant de s'écrabouiller à huit cents mètres
d'eux à peine était une chose qui valait la peine d'être
vue.

Certains parlent du *Cœur-en-Or* à mots couverts,
d'autres évoquent le fier vaisseau *Bistromath*.

D'autres encore parlent du légendaire et gigantesque
Titanic, le luxueux et majestueux paquebot lancé
depuis le complexe d'astéroïdes des chantiers spatiaux
de Sassel-Boukhé, il y a maintenant déjà quelques
siècles, et ce, à juste titre.

C'était en effet un vaisseau d'une beauté sensation-
nelle, d'un gigantisme époustouflant, et qui par ses
aménagements surpassait sans problème n'importe quel
autre astronef connu de ce qui subsiste aujourd'hui de
l'histoire (à ce sujet, voir plus bas la note sur la
Campagne pour la Sauvegarde du Temps Réel) mais
voilà, pour son malheur, il avait été construit aux tout
premiers jours de la physique improbabiliste, bien
avant que cette branche délicate et combien capricieuse
de la connaissance fût parfaitement, si même un
tantinet, comprise.

Ses architectes et ingénieurs avaient décidé, les
innocents, de l'équiper d'un prototype de générateur
d'improbabilité, censément chargé garantir l'infinie
improbabilité de la survenance à bord de tout événement fâcheux.

Ils ne s'étaient pas rendu compte, les insensés, qu'à
cause même de la nature circulaire et quasi réciproque
de tous les calculs improbabilistes, tout ce qui était
infiniment improbable avait en fait toutes les chances
de se produire presque immédiatement.

Le *Titanic* offrait un spectacle majestueusement
superbe, ainsi posé tel un Mégachalot argenté d'Arcturus, pris dans l'écheveau des portiques de montage,
sous le faisceau des lasers, brillant nuage constellé
d'aiguilles et de têtes d'épingles lumineuses posé sur les
ténèbres profondes de l'espace interstellaire ; mais une

fois lancé, il n'eut pas même le temps de finir de
transmettre son tout premier message radio — un s.o.s.
— qu'il subissait une aussi soudaine qu'injustifiée totale
panne d'existence.

Toutefois, le même événement qui vit le désastreux
échec d'une science encore balbutiante devait également servir l'apothéose d'une autre. Il fut en effet
prouvé sans discussion que la retransmission Tri-Vé du
lancement avait été regardée par un nombre de spectateurs supérieur au total de la population vivant à
l'époque, ce que l'on a reconnu depuis comme étant
l'un des plus grands succès de la science des indices
d'écoute.

Un autre événement spectaculaire de ce temps fut la
supernova qui devait frapper le système de Bonusmalus
quelques heures plus tard. Bonusmalus est l'étoile
autour de laquelle vivent — ou plutôt vivaient — la
majorité des principaux agents d'assurances de la
Galaxie.

Mais tandis que ces astronefs — et d'autres grands
vaisseaux dont les noms viennent à l'esprit, songeons
par exemple à ces unités de la Flotte galactique :
l'*Intrépide,* le *Téméraire* et le *Fou-Furieux* — se voient
évoqués avec respect, orgueil, enthousiasme, affection,
admiration, regret, jalousie, ressentiment, bref, la
plupart des émotions les plus connues, celui qui
déclenche régulièrement le plus réel étonnement reste
le *Kriquète-Un,* le premier astronef jamais construit par
les habitants de Kriquète.

Ce n'est pas parce que ce vaisseau était superbe. Il ne
l'était pas.

C'était une espèce de tas de boue délirant. Il donnait
la nette impression d'avoir été bricolé dans quelque
arrière-cour et c'était précisément là d'ailleurs qu'on
l'avait bricolé. Le plus étonnant avec ce vaisseau n'était
pas qu'il fût bien réalisé (ce n'était pas le cas) mais bien
qu'il eût été réalisé tout court. Le laps de temps qui
s'était écoulé entre le moment où les habitants de

Kriquète avaient découvert l'existence d'un truc comme l'espace et le lancement de leur premier vaisseau spatial avait été de presque tout juste un an.

Tout en se harnachant, Ford Escort se sentait extrêmement réconforté à l'idée que tout cela n'était qu'une nouvelle Illusion Informationnelle et qu'en conséquence il était parfaitement en sécurité. Dans la réalité, ce n'était pas le genre de vaisseau à bord duquel il aurait mis le pied pour tout le vin de riz de la Chine.

A le voir, « hautement délabré » était la première expression qui venait à l'esprit et « puis-je descendre, s'il vous plaît ? » la seconde.

« Et c'est censé voler ? » lança Arthur en jetant des regards méfiants au méli-mélo de câbles et de tuyaux qui décoraient l'intérieur exigu du vaisseau.

Saloprilopette lui assura que oui, qu'ils étaient parfaitement en sécurité et que toute cette expérience allait se révéler hautement instructive et pas peu éprouvante.

Arthur et Ford décidèrent donc de se décrisper et de se laisser éprouver.

« Et si on devenait dingue ? » proposa Ford.

Devant eux et, bien entendu, totalement inconscients de leur présence pour la très bonne raison qu'ils n'étaient pas vraiment là, se trouvaient les trois pilotes. Ils étaient également les constructeurs du vaisseau. Ils avaient été parmi ceux qui descendaient la colline en chantant joyeusement, cette fameuse nuit. Leur cerveau s'était trouvé légèrement altéré des suites de l'écrasement du vaisseau tout près d'eux. Ils avaient passé des semaines à dépouiller de ses moindres secrets l'épave carbonisée de l'astronef, sans cesser de fredonner d'entraînantes ritournelles de pilleurs d'astronefs. Ils s'étaient mis ensuite à la construction de leur propre vaisseau et tel était le résultat. C'était leur vaisseau et ils étaient en ce moment même justement en train de chanter une petite chanson là-dessus, exprimant la double satisfaction du travail accompli et de la prospérité en cours. Le refrain en était un rien poignant, qui évoquait la tristesse des si longues heures passées à travailler au fond de leur garage, loin de la compagnie de leur femme et de leurs enfants qui s'étaient terriblement ennuyés d'eux mais avaient su entretenir leur bonne humeur en venant à tout bout de champ leur raconter à quel point grandissait bien le petit dernier.

Pof, ils décollèrent.

L'engin se rua dans le ciel, rugissant comme un astronef qui sait très exactement ce qu'il fait.

« Rien à faire », dit Ford peu après, sitôt qu'ils eurent récupéré du choc de l'accélération pour s'élancer hors de l'atmosphère de la planète, « pas question, répéta-t-il, de pouvoir dessiner et construire un tel vaisseau en un an seulement, si motivé qu'on soit. Je n'y crois pas. Prouvez-le-moi et je continuerai de ne pas y croire. » Il hocha pensivement la tête et contempla par le hublot minuscule le néant qui s'étendait à l'extérieur.

Le début du voyage se passait sans encombres et Saloprilopette leur dévida rapidement ce passage.

Très vite toutefois, ils furent arrivés à la lisière interne du nuage de poussière sphérique et creux qui entourait soleil et planète, occupant pour ainsi dire l'orbite suivante.

Ce fut davantage comme s'il s'opérait un changement graduel dans la texture et la consistance de l'espace : l'obscurité semblait à présent racler et battre leur coque. C'était une obscurité très froide, une obscurité très vacante, très pesante ; c'était l'obscurité du ciel nocturne de Kriquète.

Ce froid, cette vacuité, cette pesanteur, atteignirent bientôt lentement le cœur d'Arthur et il perçut avec acuité les sentiments des pilotes de Kriquète qui planaient dans les airs comme une lourde charge statique. Ils touchaient maintenant à la frontière même de la conscience historique de leur race. C'était la limite précise au-delà de laquelle aucun d'entre eux n'avait jamais spéculé ni même envisagé qu'une spéculation quelconque fût possible.

L'obscurité du nuage battait les flancs de la coque. A l'intérieur régnait le silence de l'histoire. Leur mission historique était de découvrir s'il y avait quelque chose ou un quelque part de l'autre côté du ciel, d'où aurait pu venir le vaisseau désemparé, un autre monde peut-être, si étrange et incompréhensible que pût être une telle idée pour des esprits bornés qui avaient vécu sous le ciel de Kriquète.

Mais l'histoire était en train de prendre son élan pour délivrer un nouveau coup.

L'obscurité battait toujours leurs flancs. Obscurité vacante et étouffante. Elle semblait de plus en plus proche, de plus en plus épaisse, de plus en plus lourde. Et soudain, elle ne fut plus là.

Ils sortaient du nuage.

Ils découvraient l'infini poudroiement des stupéfiants joyaux de la nuit et leur âme alors résonna de terreur.

Ils volèrent ainsi quelque temps, immobiles face à l'étendue étoilée de la Galaxie, elle-même face à l'étendue étoilée de l'Univers.

Et puis ils firent demi-tour.

« Faudra nous faire disparaître tout ça », dirent les fanatiques de Kriquète tandis qu'ils s'en retournaient chez eux.

En chemin, ils chantèrent quantité d'airs mélodieux aux textes profonds évoquant la paix, la justice, la moralité, la culture, le sport, la vie de famille et l'annihilation de toutes les autres formes de vie.

Chapitre 13.

« Et voilà » (fit Saloprilopette en touillant lentement son café artificiellement généré et par conséquent, touillant également les tourbillonnantes interfaces entre nombres réels et imaginaires, les interactions de perception entre l'esprit et l'univers, et par là même générant une restructuration des matrices de subjectivité implicitement incluses qui permettaient à son vaisseau de reconstituer les concepts même de l'espace et du temps) « quelle est la situation.

— Oui, dit Arthur.

— Oui, dit Ford.

— Et qu'est-ce que je fais de ce morceau de poulet ? » demanda Arthur.

Saloprilopette le considéra gravement.

« Tripotez-le, tripotez-le. »

Il lui fit la démonstration avec son propre morceau.

Arthur le copia et sentit le léger picotement d'une fonction mathématique en train de se développer à travers le pilon, preuve qu'elle opérait un déplacement quadridimensionnel dans ce que Saloprilopette lui avait assuré être un espace à cinq dimensions.

« Du jour au lendemain, dit Saloprilopette, toute la population de Kriquète fut transformée, de groupe d'individus charmants, délicieux, intelligents...

— ... sinon fantasques, intervint Arthur.

— ... et parfaitement ordinaires, poursuivit Saloprilopette, en un groupe de charmants, délicieux, intelligents...

— ... et fantasques,

— ... maniaques xénophobes. L'idée même d'un univers n'entrait pour ainsi dire pas dans leur vision du monde.

« Ils ne pouvaient tout bonnement pas s'y faire.

« Et c'est ainsi que charmeusement, délicieusement, intelligemment, fantasquement, si vous voulez, ils décidèrent de le détruire... Qu'est-ce qu'il y a encore ? »

Arthur humait son verre. « J'aime pas beaucoup ce vin.

— Eh bien, renvoyez-le. Tout cela rentrera dans l'équation globale. »

Arthur obtempéra. Il n'appréciait guère la topographie du sourire qu'arborait le garçon mais de toute manière, il n'avait jamais aimé les graphes.

« Où est-ce qu'on va ? demanda Ford.

— On retourne à la Chambre des Illusions Informationnelles », répondit Saloprilopette qui se levait et s'essuyait les lèvres avec la représentation mathématique d'une serviette en papier, « pour regarder la seconde partie. »

Chapitre 14.

« Les habitants de Kriquète », disait sa Haute Suprématie Juridique, Ed Judy Sieur, Magistrat L.I.P.D. (Lettré, Impartial et Parfaitement Détendu), Président du Conseil des Juges au Tribunal des Crimes de Guerre de Kriquète, « les habitants de Kriquète, voyez-vous, eh bien, ce n'est jamais qu'une bande de bien braves types, vous savez, il se trouve simplement qu'ils veulent tuer tout le monde. Et flûte, il y a bien des matins où je ferais pareil. Merde.

« Bon », poursuivit-il, calant ses pieds sur la barre devant lui et marquant une pause pour ôter un fil de ses Sandalettes de Plage de Cérémonie, « bref, on n'aurait pas forcément envie de partager une galaxie avec des mecs pareils. »

C'était l'exacte vérité.

L'attaque kriquète sur la Galaxie avait été époustouflante. Des milliers et des milliers de gigantesques vaisseaux de guerre kriquètes avaient soudain jailli de l'hyperespace pour attaquer simultanément des milliers et des milliers de planètes majeures, raflant dans un

premier passage les matières premières vitales nécessaires à la construction d'une deuxième vague, puis
revenant tranquillement la fois suivante les rayer de la
carte.

La Galaxie qui connaissait à l'époque une inhabituelle période de paix et de prospérité, en avait
chancelé comme un homme agressé au beau milieu
d'une prairie.

« Je veux dire », poursuivit Ed Judy Sieur, balayant
d'un regard circulaire la vaste salle d'audience ultramoderne (ceci remonte à dix milliards d'années, quand
« ultramoderne » était synonyme de béton à tout va et
d'acier brossé), « je veux dire tout simplement que ces
types sont des *obsédés*. »

Là aussi, c'était parfaitement exact, et c'est la seule
explication à laquelle on soit aujourd'hui parvenu pour
expliquer la vitesse inimaginable avec laquelle les gens
de Kriquète avaient accompli leur nouveau, et définitif,
dessein.

C'est également la seule explication à l'étonnante
soudaineté avec laquelle ils avaient appréhendé toute
l'hypertechnologie qu'implique la construction de leurs
milliers d'astronefs avec leur équipage de millions de
mortels et blancs robots.

Ces derniers avaient littéralement figé de terreur le
cœur de tous ceux qu'ils avaient rencontrés — dans la
plupart des cas, toutefois, cette terreur n'avait été que
de courte durée, comme d'ailleurs l'existence de l'individu qui l'éprouvait. Car il s'agissait de machines
volantes aussi sauvages qu'obstinées, maniant de formi-
dables battes de combat multifonctionnelles qui, brandies d'une certaine manière, vous démolissaient les
édifices et brandies d'une autre, projetaient des rayons
omni-destructo-fulgurants, et brandies d'une troisième
encore, lançaient un hideux arsenal de grenades éche-
lonné de l'engin incendiaire de petit calibre jusqu'au
modèle Maxi-Dégom' Hypernucléaire capable d'anni-
hiler une étoile de bonne taille. Le simple fait de

frapper les grenades avec la batte de combat permettait simultanément de les amorcer et les lancer avec une précision phénoménale sur une portée variant de quelques mètres à plusieurs centaines de milliers de kilomètres.

« Bon, d'accord, reprit Ed Judy Sieur, on a gagné. » Il fit une pause, se mâchonna une petite gomme puis répéta : « On a gagné, bon, la belle affaire... je veux dire, une Galaxie de bonne taille contre une toute petite planète... et combien de temps ça nous a pris, hein ? Greffier ?

— M'sieur l' Président ? dit en se levant le sévère petit homme en noir.

— Combien de temps, mon gars ?

— C'est un brin difficile, m'sieur l' Président, d'être précis en ce domaine. Le temps et les distances...

— Coulos, mec, reste vague...

— M'sieur l' Président, je n'aime guère être vague sur un tel...

— Allez, bon, accouche, qu'on en finisse... »

Le greffier le regarda en clignant des yeux. Pour lui, comme pour la plupart de ses collègues dans la magistrature galactique, Ed Judy Sieur (ou Zipo Bibrok 5×10^8, puisque tel était le nom sous lequel, inexplicablement, on le connaissait en privé) était à l'évidence considéré comme un personnage passablement déroutant. C'était sans aucun doute un butor et un mufle. Il avait l'air de penser que le fait de posséder le plus fin esprit juridique qu'on eût jamais connu lui donnait le droit de se conduire exactement à sa guise et les faits semblaient malheureusement lui donner raison.

« Euh, eh bien, m'sieur l' Président, très approximativement, deux mille ans, murmura tristement le greffier.

— Et combien de mecs ont dégagé ?

— Deux grillions, m'sieur l' Président. » Le greffier se rassit. Un cliché hydrospectique réalisé à cet instant sur sa personne aurait révélé qu'il dégageait une légère vapeur.

Ed Judy Sieur balaya du regard une nouvelle fois le prétoire où étaient assemblées des centaines de personnalités parmi les plus éminentes de toute la hiérarchie galactique, toutes revêtues de leur uniforme ou de leur corps de cérémonie — selon le métabolisme ou l'usage. Derrière une cloison de cristal pare-balles-dégom' se trouvait un groupe représentatif de citoyens de Kriquète qui contemplaient avec une calme et courtoise répugnance tous ces étrangers réunis pour les juger. C'était l'instant le plus capital de toute l'histoire galactique et Ed Judy Sieur le savait.

Il ôta son chewing-gum, le colla sous son siège et dit calmement : « Ça fait quand même un sacré pacson. »

Le silence affligé qui accueillit cette remarque semblait traduire un assentiment général.

« Donc, comme je disais, nous voilà devant une bande de bien braves types, mais on voudrait quand même pas partager une galaxie avec eux, en tout cas pas s'ils continuent de s'acharner dessus, pas s'ils n'apprennent pas à se calmer un peu. Je veux dire, on peut pas continuer comme ça à rester sur les nerfs, d'accord ? Pan, pan, pan... et à quand la prochaine ? Coexistence pacifique, connais pas... ? Vu ? Qu'on m'apporte un verre d'eau, quelqu'un, merci. »

Il se rassit et but une gorgée, l'air pensif.

« Bon, écoutez-moi, un peu. Admettons, bon, enfin que ces gars, là, ils ont bien le droit d'avoir leur vue personnelle sur l'Univers. Et selon cette vue, que l'Univers lui-même leur a imposée, d'accord, ils ont bien fait. Ça peut paraître dingue mais je pense que vous partagerez mon avis. Ces gars croient en... »

Il consulta un bout de papier qu'il avait retiré de la poche-revolver de son jean judiciaire.

« Ils croient en " la paix, la justice, la moralité, la culture, le sport, la vie de famille, et l'annihilation de toutes les autres formes de vie ". »

Il haussa les épaules.

« J'ai déjà entendu bien pire. »

Il se gratta pensivement l'entrejambe.

« Waoowwww... » Il prit une autre gorgée puis leva son verre à la lumière et fronça les sourcils. Il le tourna.

« Eh, y a quelque chose dans cette flotte ?

— Euh... non, m'sieur l' Président », dit, plutôt inquiet, l'huissier qui le lui avait apporté.

« Alors rembarquez-le, trancha Ed Judy Sieur ; et mettez-moi quelque chose dedans. J'ai une idée. »

Il reposa le verre et se pencha en avant.

« Ecoutez un peu ça. »

La solution était brillante et se résumait à ceci :

La planète de Kriquète devait être enfermée à perpétuité dans un cocon de temps ralenti à l'intérieur duquel la vie se poursuivrait avec une lenteur quasiment infinie. Tous les rayons lumineux étant déviés autour de l'enveloppe, le cocon demeurerait aussi invisible qu'impénétrable. Il serait totalement impossible de s'en échapper à moins de le déverrouiller de l'extérieur.

Lorsque le reste de l'Univers toucherait à sa fin, lorsque l'ensemble de la création atteindrait son terme (tout ceci, rappelons-le, remonte à une époque où l'on ignorait encore que la fin du monde allait se révéler une spectaculaire et juteuse affaire hôtelière), quand la vie et la matière cesseraient d'exister, alors la planète de Kriquète émergerait, avec son soleil, de son cocon de temps ralenti pour poursuivre une existence solitaire, à sa convenance, dans le crépuscule du vide universel.

Le verrou serait situé sur un astéroïde en lente orbite autour du cocon.

La Clé serait le symbole de la Galaxie. Le Grand Guichet.

Le prétoire résonnait encore d'applaudissements nourris qu'Ed Judy Sieur était déjà sous la Sens-O-Douche en compagnie d'une assez accorte membre du jury à qui il avait glissé un petit billet une demi-heure auparavant.

Chapitre 15.

Deux mois plus tard, Zipo Bibrok 5×10^8 avait taillé en short son jean de fonctionnaire galactique et dépensait une fraction de l'énorme traitement qu'il s'allouait, à se prélasser sur une plage de joyaux et se faire frictionner le dos à l'essence de qualactine par la même assez accorte membre du jury. C'était une Solfarniente native de derrière les nuages de Yaga. Elle avait la peau comme de la soie citron et montrait une véritable passion pour le corps du délit et l'étude des pièces à conviction.

« T'as entendu les nouvelles ?

— Ohoui-ohoui-ohoui-râââââhhh ! » dit Zipo Bibrok 5×10^8, et vous auriez dû être là pour savoir pourquoi il disait ça. Rien de tout cela ne se trouve consigné sur les bandes des Illusions informationnelles et on ne le connaît que par ouï-dire.

« Non », ajouta-t-il une fois que le phénomène qui lui avait fait dire « ohoui-ohoui-ohoui-râââââhhh ! » eut cessé de se manifester. Il se tourna légèrement de côté pour recevoir les premiers rayons du troisième (et du plus gros) des trois soleils de Vid-O-Riginel qui venait à l'instant de se mettre à ramper sur l'horizon d'une absurde beauté en embrasant le ciel avec l'un des plus puissants pouvoirs bronzants que l'on connaisse.

Une brise parfumée s'éleva de la mer étale, vint s'attarder le long de la plage et regagna l'océan en se demandant où diable aller courir ensuite. Sur un coup de vent, elle remonta de nouveau vers la plage. Puis se rabattit, derechef, vers la mer.

« J'espère bien que ce n'est pas des bonnes nouvelles, grommela Zipo Bibrok 5×10^8, pasque je ne crois pas que je pourrais les supporter.

— Ton jugement sur Kriquète a été exécuté aujourd'hui », lança somptueusement la fille. Il n'y avait pas de quoi dire aussi somptueusement une chose aussi banale mais elle le fit quand même, l'atmosphère s'y prêtait. « Je l'ai entendu à la radio en retournant chercher l'huile au vaisseau.

— Hon, hon », murmura Zipo en reposant sa tête sur le sable orné de pierreries.

« Il est arrivé quelque chose.

— Mmmmmmmm ?

— Juste après le verrouillage du cocon de temps ralenti... », elle s'interrompit pour étaler l'essence de qualactine, « un vaisseau kriquète jusque-là porté disparu pour cause de destruction se révéla n'avoir que disparu. Il a réapparu et essayé de s'emparer de la Clé. »

Zipo se rassit brusquement.

« Hein, quoi ?

— Tout va bien » et sa voix aurait apaisé le Big Bang en personne. « Apparemment, il y a eu une brève escarmouche au cours de laquelle Clé et vaisseau ont été désintégrés et pulvérisés dans le continuum spatio-temporel. Selon toute apparence, perdus à jamais. »

Elle sourit et fit couler sur ses doigts encore un petit peu d'essence de qualactine.

Détendu, il se rallongea. Il lui murmura : « Refais-moi ce que tu faisais tout à l'heure.

— Ça ?

— Non, non, pas ça. Ça. »

Elle essaya de nouveau.

« Ça ?

— Ohoui-ohoui-ohoui-râââââhhh ! » Là encore, vous auriez dû être là.

La brise parfumée revint dériver dans le coin.

Un magicien errait sur la plage mais personne ne l'avait demandé.

Chapitre 16.

« Rien n'est jamais perdu », dit Saloprilopette le visage perdu dans l'éclat rouge et vacillant de la bougie que le garçon robot essayait d'enlever, « en dehors de la cathédrale d'Hagonye.

— La quoi ? sursauta Arthur.

— La cathédrale d'Hagonye, répéta Saloprilopette. En fait, c'est au cours de mes recherches dans le cadre de la Campagne pour le Temps Réel que je...

— La quoi ? » fit de nouveau Arthur.

Le vieillard marqua une pause et se concentra, pour ce qu'il espérait être la dernière attaque dans cette histoire. Le garçon robot se glissa dans les matrices de l'espace-temps avec un comportement qui alliait de manière spectaculaire le revêche à l'obséquieux, tendit le bras vers la bougie et l'arracha de la table. Ils avaient déjà eu l'addition, avaient discuté avec conviction sur qui avait bien pris les cannelloni et combien de bouteilles on avait bu et, comme Arthur avait pu vaguement s'en rendre compte, ils avaient de ce fait manœuvré le vaisseau hors de l'espace subjectif pour l'injecter en orbite d'attente autour d'une étrange planète. Le garçon était à présent pressé de finir de torcher son rôle dans cette salade et de nettoyer la salle.

« Tout va devenir clair, dit Saloprilopette.

— Quand ça ?

— Dans une minute. Ecoutez, les courants du temps sont devenus maintenant très pollués. Il y flotte de plus en plus de détritus, de débris et d'épaves diverses qui sont de plus en plus souvent régurgités dans le monde physique. Le fameux phénomène des marées dans le continuum spatio-temporel, vous voyez...

— C'est ce que j'ai entendu dire, nota Arthur.

— Ecoutez, démarrer, c'est bien beau, mais pour où ? » dit Ford en reculant sa chaise avec impatience. « Parce que j'ai hâte d'y être.

— Nous allons, dit Saloprilopette d'une voix lente et posée, essayer d'empêcher les robots de combat de Kriquète de reconstituer entièrement la Clé qui leur est nécessaire pour libérer la planète de son cocon de temps ralenti et délivrer le reste de leur armée et leurs maîtres fous...

— C'est simplement que vous aviez évoqué une petite sauterie..., nota Ford.

— Effectivement », dit Saloprilopette et il courba la tête. Il se rendait compte que ç'avait été une erreur car cette idée semblait exercer sur l'esprit de Ford Escort une étrange et morbide fascination.

Plus Saloprilopette leur dévoilait la tragique et sombre histoire de Kriquète et de ses habitants, plus Ford Escort avait envie de boire et de danser avec des filles.

Le vieil homme sentait qu'il n'aurait pas dû faire mention de la sauterie tant que ce n'était pas formellement nécessaire. Mais enfin, c'était dit, et Ford Escort s'était accroché à cette idée comme une Mégasangsue d'Arcturus s'accroche à sa victime avant de la décapiter pour décamper avec son vaisseau.

« Bon alors, quand est-ce qu'on y va ? redemanda Ford, impatient.

— Quand j'aurai fini de vous raconter pourquoi il faut qu'on y aille.

— Moi, je sais pourquoi j'y vais », remarqua Ford en se radossant, les mains croisées derrière la nuque. Il arbora un de ces sourires qui ont le don de vous faire grincer des dents.

Saloprilopette avait escompté avoir une retraite facile.

Il avait projeté d'apprendre à jouer du déconno-phone octaventral — un passe-temps agréablement futile, il le savait, vu qu'il ne disposait pas du nombre adéquat de bouches.

Il avait également envisagé d'écrire une monographie aussi excentrique qu'obstinément inexacte sur le sujet des fjords équatoriaux, aux fins d'obscurcir le débat sur un ou deux points qu'il jugeait importants.

Au lieu de ça, il s'était trouvé plus ou moins embringué dans un boulot à temps partiel pour le compte de la Campagne pour le Temps Réel et pour la première fois de son existence, il avait commencé à prendre sa tâche au sérieux. Résultat, il se retrouvait aujourd'hui à passer les dernières années de sa vie à combattre le mal et tenter de sauver la Galaxie.

Il trouvait la tâche épuisante et poussa un gros soupir.

« Ecoutez... à la Camtère...

— La quoi ? fit Arthur.

— La Campagne pour le Temps Réel dont je vous parlerai plus tard. J'ai remarqué que cinq épaves assez récemment rematérialisées semblaient correspondre aux cinq éléments de la Clé disparue. Je n'ai pu retrouver la trace que de deux d'entre eux — le Pilier de Bois, réapparu sur votre planète, et le Bâton d'Argent. Il semble que l'événement ait eu lieu lors d'une espèce de sauterie... Il faut donc qu'on y aille pour les récupérer avant que les robots de Kriquète ne les découvrent sinon qui sait ce qui peut se produire ?

— Non, dit Ford avec fermeté : Il faut qu'on y aille pour boire un bon coup et danser avec des filles.

— Mais vous n'avez donc rien compris de tout ce que je...

— Si », l'interrompit Ford avec une violence aussi soudaine qu'inattendue. « J'ai parfaitement tout compris. C'est bien pourquoi j'ai tant envie de boire et danser avec un maximum de filles, tant qu'il en reste encore. Si tout ce que vous nous avez montré est vrai...

— Vrai ? Bien sûr que c'est vrai.

— ... alors on n'a pas plus de chance qu'un buccin devant une supernova de...

— Un quoi ? » s'exclama Arthur. Il avait obstinément suivi jusque-là la conversation et il n'était pas question pour lui d'en perdre maintenant le fil.

« Qu'un buccin devant une supernova, répéta Ford sur sa lancée, de...

— Qu'est-ce que vient faire un buccin devant une supernova ?

— Rien, dit Ford sans se démonter. Il n'a pas la moindre chance. »

Il marqua une pause pour voir si la question était à présent éclaircie. A voir l'air de perplexité qui gagnait allégrement les traits d'Arthur, il vit bien que ce n'était pas le cas.

« Une supernova », expliqua Ford aussi rapidement et clairement qu'il put, « est une étoile qui explose à une vitesse qui est presque moitié celle de la lumière et brûle avec l'éclat d'un milliard de soleils, avant de s'effondrer sous la forme d'une étoile à neutrons superlourde [1]. C'est une étoile qui engloutit toutes les autres étoiles. Pigé ? Aucun objet n'a la moindre chance devant une supernova [2].

— Je vois, dit Arthur.

— Le...

— Mais pourquoi un buccin, particulièrement ?

— Pourquoi pas ? Peu importe. »

Arthur accepta ce fait et Ford poursuivit, tachant de repartir hardiment sur sa lancée initiale : « Le problème, dit-il, c'est que des gens comme vous et moi, Saloprilopette, et Arthur — tout particulièrement Arthur — nous ne sommes que des dilettantes, des excentriques, des feignants, des branleurs, si vous préférez. »

Saloprilopette fronça les sourcils, à moitié perplexe, à moitié vexé. Il voulut parler :

« ... » fut tout ce qu'il put dire.

« Rien de spécial ne vous obsède, voyez-vous, insista Ford.

1. Rigoureusement authentique. (*N.d.T.*)
2. *Idem.* (*N.d.T.*)

— ...

— Et c'est là le hic. Nous ne pouvons pas gagner face à l'obsession. Eux, ils se passionnent pour des tas de choses. Pas nous. Ils gagnent.

— Mais moi je me passionne pour des tas de choses », observa Saloprilopette la voix tremblante, à moitié d'irritation mais à moitié d'incertitude, aussi.

« Telles que ?

— Eh bien, la vie, l'univers. Et le reste, franchement. Je ne sais pas, moi, les fjords...

— Vous seriez prêt à mourir pour eux ?

— Les fjords ? » Il en cligna des yeux de surprise. « Non.

— Vous voyez bien.

— Franchement, non, je ne vois pas.

— Et moi, intervint Arthur, je ne vois toujours pas le rapport avec les buccins. »

Ford sentait que le fil de la conversation commençait de lui glisser des doigts et il refusa de se laisser, arrivé à ce point, entraîner sur une voie de garage.

« Le fait est, siffla-t-il, qu'on n'a pas la moindre chance devant...

— Si l'on ne tient pas compte de ta soudaine obsession pour les buccins, poursuivit Arthur, que personnellement je n'ai toujours pas bien saisie...

— Est-ce que tu veux bien s'il te plaît laisser les buccins en dehors de ça ?

— Je les laisserai quand tu les laisseras. C'est toi qui as soulevé la question...

— Ce fut une erreur. Laisse tomber. Bon, le fait est celui-ci... » Il se pencha et appuya le front contre le bout de ses doigts.

« De quoi parlais-je donc ? fit-il d'une voix lasse.

— On n'a qu'à se rendre à la sauterie, dit Saloprilopette, peu importe la raison. » Il se leva, hochant la tête.

« Je crois que c'est ce que j'essayais de dire », fit Ford.

Pour quelque raison inexpliquée, les cabines de téléportage étaient situées dans la salle de bains.

Chapitre 17.

Le voyage dans le temps est de plus en plus considéré comme une menace. L'histoire est gagnée par la pollution.

L'*Encyclopædia Galactica* consacre quantité d'articles détaillés à la théorie comme à la pratique du voyage dans le temps, articles en majeure partie incompréhensibles pour qui n'a pas derrière lui au moins quatre existences entières consacrées à l'étude des hypermathématiques avancées, et comme la chose était évidemment irréalisable avant l'invention du voyage dans le temps, il règne une certaine confusion quant à savoir comment pareille idée a pu surgir en premier lieu. Une des explications suggérées pour résoudre ce problème propose que le voyage dans le temps a été, par sa nature même, simultanément découvert à toutes les périodes de l'histoire mais ça ne tient vraiment pas debout.

Le problème est qu'aujourd'hui une bonne partie de l'histoire ne tient vraiment pas debout non plus.

En voici un exemple. Aux yeux de certains, il pourra apparaître sans importance mais pour d'autres il s'agit d'un événement crucial. Et il est certainement significatif qu'il ait à lui seul pu susciter la Campagne pour le Temps Réel en tout premier lieu (ou en dernier ressort ? tout dépend du sens dans lequel on considère le déroulement de l'histoire et c'est là aussi une question de plus en plus âprement discutée).

Il y a — ou il y avait — un poète. Son nom était Lallafa et il est l'auteur de ce qu'on considère largement dans toute la Galaxie comme les plus jolis poèmes jamais écrits, les *Chants du Long Pays*.

Ils sont/ils étaient d'une beauté inexprimable, c'est-à-dire que vous ne pouviez exprimer un tant soit peu votre opinion sur ces poèmes sans être aussitôt à tel point submergé par l'émotion, par une sensation de vérité, de plénitude et d'accord avec le cosmos, que vous n'aviez d'autre ressource que de descendre en vitesse faire le tour du pâté de maisons avec éventuellement une halte au bistrot sur le chemin du retour pour écluser un petit verre de Verlaine. C'est dire à quel point ces poèmes pouvaient être bons.

Lallafa avait vécu dans les forêts du long pays d'Eogramme. C'est là qu'il vivait et là qu'il écrivit ses poèmes. Il les écrivait sur des pages faites de feuilles d'hebra séchées, sans avoir bénéficié d'aucune éducation ni de liquide correcteur. Il écrivait sur la lumière dans la forêt et sur l'opinion que lui inspirait la question. Il écrivait sur les ténèbres dans la forêt et sur l'opinion que lui inspirait la question. Il écrivait sur la fille qui l'avait plaqué et sur l'opinion bien précise que lui inspirait la question.

Bien longtemps après sa mort, on retrouva ses poèmes et tout le monde de s'émerveiller. La nouvelle de leur découverte se répandit comme la lumière de l'aube. Des siècles durant, ces poèmes devaient illuminer et rafraîchir la vie de quantité de gens qui sans ça auraient mené une existence passablement sombre et desséchée.

Puis, peu après l'invention du voyage temporel, quelques gros fabricants de liquide correcteur s'avisèrent que ses poèmes auraient peut-être été meilleurs si leur auteur avait pu disposer d'un liquide correcteur de haute qualité et se demandèrent s'il ne serait pas possible de le persuader de prononcer quelques mots en ce sens.

Ils voyagèrent donc sur les vagues du temps, ils le trouvèrent, lui expliquèrent — non sans mal — la situation et parvinrent effectivement à le persuader. En fait, ils le persuadèrent tant et si bien qu'il devint extrêmement riche entre leurs mains et que la fille sur laquelle il était destiné à écrire avec un tel luxe de détail ne devait jamais le quitter — en fait, ils quittèrent la forêt pour se prendre une coquette petite piaule en ville tandis qu'il faisait de fréquents déplacements dans l'avenir pour y donner des causeries au cours desquelles il brillait avec esprit.

Avec ça, il n'eut jamais l'occasion d'écrire le moindre poème, bien entendu, ce qui posait un problème mais que l'on sut aisément résoudre. Les fabricants de liquide correcteur lui transmirent tout simplement un exemplaire de la dernière édition de son recueil accompagné d'une liasse de feuilles d'hebra séchées afin qu'il le recopie, en l'émaillant délibérément de quelques fautes, histoire de les corriger.

Beaucoup de personnes estiment aujourd'hui que ces poèmes ne valent brusquement plus rien. D'autres soutiennent au contraire qu'ils sont toujours exactement les mêmes, alors qu'y a-t-il de changé ? Les premiers répondent que là n'est pas la question. Ils ne sont pas tout à fait certains de savoir quelle est la question mais ils sont en revanche tout à fait sûrs que ce n'est pas celle-là. Ils ont donc organisé la Campagne pour le Temps Réel dans le but d'essayer d'endiguer ce genre de phénomène. Leur cause s'est trouvée considérablement renforcée par le fait qu'une semaine après cette décision, non seulement la grande cathédrale d'Hagonye dut être abattue pour laisser place à une nouvelle raffinerie ionique mais que sa construction prit si longtemps et dut s'étendre si loin dans le passé afin que la production d'ions pût commencer à temps, qu'en fin de compte la cathédrale d'Hagonye ne devait jamais être construite. Les cartes postales représentant l'édifice prirent soudain une immense valeur.

Ainsi donc, des tranches entières de l'histoire ont disparu à jamais. Les partisans de la Campagne pour le

Temps Réel proclament que, de même que le développement des voyages a aplani les différences d'un pays à l'autre ou d'une planète à l'autre, de même le voyage dans le temps aplanissait les différences d'une époque à l'autre. « Le passé, disaient-ils, est désormais tout à fait comparable à n'importe quel pays étranger. Ils vivent exactement comme nous, là-bas. »

Chapitre 18.

Arthur se matérialisa et le fit avec l'habituelle débauche de grands mouvements théâtraux : démarche titubante, main portée à la gorge, au cœur et aux divers membres qu'il avait la faiblesse d'emporter avec lui chaque fois qu'il effectuait une de ces détestables et douloureuses matérialisations auxquelles il était bien résolu à ne pas s'habituer.

Il chercha les autres du regard.

Ils n'étaient pas là.

Il chercha de nouveau les autres du regard.

Ils n'étaient toujours pas là.

Il ferma les yeux.

Il chercha les autres du regard.

Ils persistèrent avec obstination dans leur absence.

Il referma les yeux, préalablement à la réédition de cet exercice totalement futile et comme ce fut seulement à cet instant, tandis qu'il avait les yeux clos, que son cerveau commença d'enregistrer ce que ses yeux avaient perçu lorsqu'ils étaient ouverts, une ride perplexe vint alors lézarder son visage.

Si bien qu'il rouvrit les yeux pour vérifier cette observation. Et la ride resta.

Si possible même, elle s'intensifia, en asseyant fermement ses positions. Si c'était une petite sauterie, elle

était ratée, tellement ratée en fait, que tout le monde
s'était déjà barré. Mais il abandonna cette ligne de
pensée, la jugeant futile. A l'évidence, il ne s'agissait
pas d'une sauterie. Il s'agissait d'une caverne, ou d'un
labyrinthe, ou d'une espèce de tunnel — il n'y avait pas
assez de lumière pour le dire. Tout n'était que ténèbres,
des ténèbres humides et luisantes. Le seul bruit perceptible était l'écho de sa propre respiration qui semblait
passablement oppressée.

Il toussota discrètement et dut écouter le subtil écho
spectral de sa toux partir au loin dans le dédale des
couloirs et des chambres aveugles, comme dans quelque labyrinthe, avant de revenir enfin, *via* les mêmes
corridors obscurs, comme pour dire : « ... oui ? »

Cela se reproduisait à chacun des moindres bruits
qu'il pouvait émettre et ça le désarçonna. Il essaya de
fredonner un petit air guilleret mais quand il lui revint,
c'était devenu une espèce de lamento lugubre et creux
et il finit par se taire.

Son esprit fut envahi soudain par les images du récit
que Saloprilopette lui avait conté. Il s'attendait presque
à voir de mortels et blancs robots surgir de l'ombre
pour le tuer. Il reprit son souffle. Rien ne changea. Il
expira de nouveau. Il ne savait pas à quoi s'attendre.

Quelqu'un ou quelque chose, en tout cas, semblait
l'attendre, lui, car à cet instant même, dans les ténèbres
du lointain s'illumina soudain un tube fluorescent d'un
vert spectral.

Avec ce silencieux message :
VOUS AVEZ ÉTÉ DÉTOURNÉ

Puis le signal s'éteignit, d'une manière qu'Arthur
n'était pas du tout certain d'apprécier. Le tube s'était
éteint avec une espèce de mimique méprisante. Arthur
essaya de se persuader par la suite qu'il s'agissait là
simplement d'un tour ridicule que lui jouait son imagination. Un néon est soit allumé, soit éteint, selon que le
courant le traverse ou non. En aucune manière, songea-t-il, il n'était question qu'il pût opérer la transition

d'un état à l'autre avec une mimique méprisante. Arthur serra un peu plus sa robe de chambre autour de lui mais il frissonna quand même.

Dans les profondeurs enténébrées, le tube se ralluma soudain, indiquant — détail pour le moins déconcertant — simplement trois points suivis d'une virgule, comme ceci :

...,

En vert.

Au bout d'une ou deux secondes de contemplation perplexe, Arthur se rendit compte qu'il s'agissait d'une tentative pour signifier qu'il y avait une suite, que la phrase n'était pas complète. Tentative d'un pédantisme presque surhumain, observa-t-il, à la réflexion. Ou à tout le moins, inhumain.

La phrase se compléta d'elle-même avec ces deux mots :

ARTHUR ACCROC.

Il vacilla. Se ressaisit avant d'y rejeter un nouveau coup d'œil. Il pouvait toujours lire : ARTHUR ACCROC. Ce qui le fit vaciller derechef.

Une fois encore, le signal s'éteignit, le laissant clignant des yeux dans l'obscurité, avec juste la pâle image rouge de son nom dansant sur sa rétine.

BIENVENUE, dit soudain le panneau.

Au bout d'un moment, il ajouta :

NON, JE NE CROIS PAS.

La terreur glacée comme marbre qui planait autour d'Arthur depuis le début, attendant son heure, reconnut que son heure était enfin venue et déferla sur lui. Il essaya de la combattre. Il s'accroupit, adoptant une espèce de pose aux aguets, comme il l'avait vu faire un jour par un personnage à la télévision, sauf que ce dernier devait avoir des genoux plus solides que lui. Il scruta les ténèbres, aux abois.

« Euh, hello ? »

Il se racla la gorge et recommença, plus fort, et sans le « euh ». A quelque distance, au fond du couloir, il lui sembla soudain que quelqu'un s'était mis à taper sur une grosse caisse.

Il prêta l'oreille durant quelques secondes et s'aperçut finalement que c'était simplement les battements de son cœur.

Il prêta l'oreille quelques secondes de plus et s'aperçut finalement que ce n'était pas son cœur mais quelqu'un au fond du couloir qui tapait sur une grosse caisse.

Des gouttes de sueur se mirent à perler à son front, prirent leur élan, puis s'élancèrent.

Il posa une main à terre pour maintenir sa pose d'alerte accroupie qui manquait pour le moins de stabilité.

Le signal changea de nouveau, pour indiquer cette fois :

NE VOUS INQUIÉTEZ PAS.

Pour ajouter, après une pause :

VOUS POUVEZ AVOIR PEUR, TRÈS PEUR, ARTHUR ACCROC.

De nouveau, il s'éteignit. Laissant une fois encore Arthur dans le noir. Il eut la nette impression que les yeux lui sortaient de la tête. Et il ne savait pas très bien si c'était pour essayer d'y voir plus clair ou plus simplement pour prendre la fuite.

« Hello ? » redit-il, cette fois en essayant d'y mettre une note d'autorité rugueuse et farouche. « Y a quelqu'un ? »

Pas de réponse, rien.

Cela démonta Arthur plus encore que ne l'aurait fait une réponse et il se mit à battre en retraite devant cet effrayant néant. Et plus il battait en retraite et plus il se sentait effrayé. Au bout d'un moment il se rendit compte qu'il fallait en rechercher la raison dans tous ces films qu'il avait pu voir où le héros ne recule de plus en plus devant quelque terreur imaginaire que pour mieux emplafonner celle qui se pointe subrepticement par-derrière. Juste à cet instant précis lui vint l'idée de se retourner plutôt vivement.

Il n'y avait rien non plus.

Rien que les ténèbres.

Là, ça le démonta franchement et il se mit à reculer dans l'autre direction — celle d'où il était venu.

Après quelques instants de cette manœuvre, il lui vint soudain à l'esprit qu'il était à présent en train de reculer vers ce devant quoi il avait justement entrepris de reculer en tout premier lieu.

Ceci, ne put-il s'empêcher de penser, ne pouvait qu'être particulièrement stupide. Il décida qu'il vaudrait mieux pour lui battre en retraite dans sa direction initiale et il opéra donc un nouveau demi-tour.

Il se révéla à cet instant que sa seconde impulsion avait bien été la bonne car un monstre d'une hideur indescriptible se dressait tranquillement derrière lui. Arthur béa furieusement comme si sa peau avait envie de détaler d'un côté et son squelette de l'autre tandis que son cerveau aurait cherché à savoir par quelle oreille il valait mieux s'immiscer pour déguerpir.

« J' parie qu'on ne s'attendait pas à me revoir », dit le monstre, ce qu'Arthur ne put s'empêcher de considérer comme une remarque étrange de sa part, vu qu'il n'avait jamais encore rencontré la créature. Il pouvait assurer qu'il ne l'avait jamais rencontrée pour la bonne et simple raison qu'il pouvait encore dormir la nuit. C'était... c'était... c'était...

Arthur cligna des yeux. la chose restait parfaitement immobile. Il lui trouva comme un petit air vaguement familier.

Un calme terriblement glacial l'envahit lorsqu'il se rendit compte qu'il était en train de contempler un hologramme haut de deux mètres d'une mouche domestique.

Il se demanda pourquoi diantre on s'amusait à lui présenter un hologramme haut de deux mètres d'une mouche domestique en ce moment précis. Il se demanda également à qui appartenait la voix qu'il venait d'entendre.

C'était un hologramme terriblement réaliste.

Il s'évanouit.

« Ou peut-être », dit soudain la voix, et c'était une voix malveillante, profonde et caverneuse, qui sonnait comme du goudron fondu se déversant en gargouillant d'un tonneau avec de sales idées derrière la tête, « peut-être que vous vous souviendrez mieux de moi sous les traits du lapin. »

Et bing, un lapin apparut devant lui dans le sombre labyrinthe, un énorme, et monstrueusement, hideusement doux et adorable lapin — une image encore, mais une image où chacun des adorables et doux poils semblait comme enveloppé lui-même de son adorable et douce fourrure. Arthur sursauta en découvrant son propre reflet dans les adorables et doux et parfaitement énormes yeux noisette qui le fixaient sans ciller.

« Né dans les ténèbres, gronda la voix, j'ai grandi dans les ténèbres. Un beau matin, alors que je pointais pour la première fois ma tête dans un nouveau monde radieux, je me la suis fait fendre par ce que je soupçonne avoir été quelque instrument primitif de pierre taillée.

« Taillée par vous, Arthur Accroc, et manié par vous. Assez rudement, autant qu'il me souvienne.

« Vous avez pris ma peau pour vous en coudre un sac où fourrer des cailloux intéressants. Il se trouve que je le sais parce que dans ma vie ultérieure, je suis encore revenu sous la forme d'une mouche et vous m'avez écrabouillé. Encore. Sauf que cette fois, ce fut avec le sac que vous aviez taillé dans ma peau précédente.

« Arthur Accroc, vous n'êtes pas seulement un homme cruel et sans cœur, vous êtes également d'un atterrant manque de tact. »

La voix se tut, tandis qu'Arthur était toujours bouche bée.

« Je vois que vous avez perdu le sac, reprit la voix. On en avait marre, sans doute ? »

Arthur hocha la tête, impuissant. Il avait envie de lui

expliquer que ce sac, en fait, il l'avait beaucoup aimé, qu'il l'avait soigneusement entretenu, qu'il l'avait emporté partout avec lui mais que, pour quelque inexplicable raison, à l'issue de chacun de ses voyages, il ne se retrouvait jamais avec le bon sac, même que, détail pour le moins curieux, tel qu'on le voyait en ce moment, eh bien, il venait de s'apercevoir pour la première fois que le sac qu'il avait avec lui se révélait taillé dans un assez méchant simili léopard, bref ce n'était pas celui qu'il tenait encore quelques instants plus tôt, avant d'arriver ici, et qu'il ne l'avait en tout cas pas personnellement choisi, et que Dieu sait ce qu'il pouvait bien contenir puisque ce n'était pas le sien et qu'il aimerait bien mieux récupérer son sac initial sauf que, bien sûr, il était terriblement désolé de l'avoir aussi péremptoirement raflé, ou plus précisément d'en avoir raflé la matière première, à savoir la peau de lapin, à son précédent propriétaire, entendez, le lapin auquel il avait présentement l'honneur d'essayer vainement de s'adresser.

Tout ce qu'il parvint à dire en fait ce fut : « Glb.

— Mais laissez-moi vous présenter le triton sur lequel vous avez marché », reprit la voix.

Et voilà qu'il apparut, dressé dans le corridor devant Arthur, un triton géant écailleux et vert, Arthur se tourna, glapit, recula d'un saut et se retrouva planté au beau milieu du lapin. Il glapit de nouveau mais sans trouver d'autre recoin où sauter.

« C'était moi, également », poursuivit la voix, dans un grondement sourd et menaçant, « comme si vous ne le saviez pas...

— Le savoir ? » fit Arthur, interloqué. « Savoir quoi ?

— Ce qu'il y a d'intéressant avec la réincarnation, éructa la voix, c'est que la plupart des gens, la plupart des esprits ne sont pas conscients de ce qui leur arrive. »

Il ménagea une pause pour créer un effet. En ce qui

concernait Arthur, question effet, il était largement servi.

« Moi, j'en étais conscient, siffla la voix, ou plutôt, j'en ai pris conscience. Lentement. Graduellement. »

L'être, quel qu'il fût, marqua une nouvelle pause et reprit son souffle.

« J'aurais eu du mal à l'éviter, non ? beugla-t-il. Quand la même chose n'arrête pas de se reproduire sans cesse, encore, et encore ! Chaque vie que j'ai pu vivre, je me suis fait tuer par Arthur Accroc. Peu importe le monde, le corps, l'époque, à peine suis-je installé, voilà que débarque Arthur Accroc — et pan, il me zigouille.

« Difficile de ne pas le remarquer. Un peu de jugeote, quelques indices, et vlan ! c'est la révélation !

« " C'est quand même marrant ", se disait mon esprit en regagnant les limbes à tire-d'aile après chaque nouvelle expérience infructueuse et ponctuée d'Accroc dans le monde des vivants, " mais le type qui vient de m'écrabouiller tandis que je traversais la route en bondissant pour gagner ma mare préférée, y me dit quelque chose... " et progressivement, j'ai pu reconstituer les morceaux, Accroc, mon assassin à répétition ! »

Les échos de sa voix grondèrent d'un bout à l'autre des corridors. Arthur restait silencieux et glacé, le cœur battant, incrédule.

« Voici le moment, Accroc », hurla la voix, grimpant à présent vers de fébriles sommets de haine, « voici le moment où enfin j'ai su ! »

Il était d'une hideur indescriptible, le spectacle qui se dévoila soudain sous les yeux d'Arthur, le faisant hoqueter et s'étrangler d'horreur mais enfin, voici quand même une tentative de description de l'ampleur de l'horreur : imaginez une énorme grotte moite et palpitante au milieu de laquelle une vaste et lumineuse et rugueuse créature en forme de baleine roulait et se tordait sur de monstrueuses et blanches pierres tombales. Très loin au-dessus du plancher de la grotte se dressait un vaste promontoire au fond duquel on pouvait entrevoir les tréfonds obscurs de deux nouvelles cavernes terrifiantes, lesquelles...

Arthur Accroc se rendit soudain compte qu'il était en train de contempler l'intérieur de sa propre bouche lorsqu'il remarqua soudain l'huître bien vivante qui était en train, impuissante créature, de s'y laisser engouffrer.

Avec un cri, il recula en titubant, et détourna les yeux.

Lorsqu'il regarda de nouveau, la terrifiante apparition avait disparu. Le corridor était sombre et — momentanément — silencieux. Il se retrouva seul avec ses réflexions. Des réflexions extrêmement déplaisantes et qui auraient gagné à être remises au pas.

Le bruit suivant, lorsqu'il apparut, fut le lourd et sourd roulement d'une section de mur en train de glisser latéralement pour révéler, d'abord le simple vide obscur qui s'étendait derrière. Arthur scruta ces ténèbres, de l'air à peu près d'une souris regardant l'intérieur obscur d'une niche à chien.

Puis la voix lui parla de nouveau.

« Dites-moi que c'était une coïncidence, Accroc. Osez me dire que c'était une coïncidence !

— Mais c'était une coïncidence, dit vivement Arthur.

— Non ! vint la réponse, beuglée.

— Mais si ! dit Arthur. C'était...

— Si c'est une coïncidence, rugit la voix, alors mon nom n'est pas Agrajag !!!

— Et je suppose que vous allez prétendre que tel était bien votre nom.

— Oui ! » siffla Agrajag, comme s'il venait de conclure un assez habile syllogisme.

« Eh bien, j'ai peur que ce soit tout de même une coïncidence...

— Venez ici me répéter ça ! » hurla la voix, de nouveau prise d'apoplexie.

Arthur s'avança et répéta que oui, c'était une coïncidence, ou tout du moins il faillit répéter que c'était une coïncidence. Sa langue avait perdu pied sur la fin du dernier mot parce qu'à cet instant même la lumière venait de revenir, révélant ce dans quoi il avait pénétré.

C'était une Cathédrale de Haine.

C'était le produit d'un esprit qui n'était pas seulement tordu mais franchement luxé.

C'était énorme. C'était horrible.

Il y avait une Statue au milieu.

Nous reviendrons à la Statue dans un moment.

La vaste, l'incompréhensiblement vaste salle donnait l'impression d'avoir été creusée dans une montagne, pour l'excellente raison que c'était précisément dans quoi elle avait été creusée. Arthur avait l'impression qu'elle tournoyait vertigineusement autour de sa tête tandis qu'il la contemplait bouche bée.

Elle était noire.

Là où elle n'était pas noire, on avait tendance à le regretter car les couleurs qui soulignaient certains de ses détails inqualifiables s'échelonnaient avec une horreur consommée sur tout le spectre d'une palette à vous révulser l'œil, de l'ultraviolent à l'infrabouge, en ramassant au passage l'indigo-billet, le bleu pourri, le vert sale, le foie jaune, l'orange déchu, le rouge qui tache et le marron glacial.

Les détails inqualifiables que soulignaient ces teintes étaient des gargouilles d'une laideur à faire rendre son déjeuner à Francis Bacon.

Et toutes ces gargouilles, qu'elles soient posées sur les murs, les colonnes, les arcs-boutants, ou les stalles, regardaient toutes dans la direction de la Statue sur laquelle nous reviendrons dans un moment.

Et si l'on peut dire des gargouilles qu'elles auraient fait rendre à Francis Bacon son déjeuner, alors il est clair, à voir leur tronche, que la Statue leur aurait fait rendre le leur, eussent-elles été vivantes (ce qui n'était pas le cas), et se fût-il trouvé quelqu'un pour le leur servir (ce qui était exclu).

Tout autour des murs monumentaux se trouvaient de vastes plaques de pierre gravée, scellées à la mémoire de ceux qui étaient tombés, victimes d'Arthur Accroc.

Certains des noms ainsi commémorés étaient soulignés et assortis d'astérisques. Ainsi, par exemple, le nom d'une vache qui avait été abattue et dont Arthur s'était trouvé manger un steak dans le filet avait droit à l'inscription la plus simple, tandis que le nom du poisson qu'Arthur avait lui-même pêché pour décider finalement qu'il ne l'aimait pas et le laisser sur le coin de l'assiette était souligné de deux traits et suivi de trois astérisques, plus un couteau sanguinolent en prime, histoire de bien mettre les points sur les i.

Le plus déconcertant dans tout ça, en dehors de la Statue, à laquelle nous sommes, graduellement, en train de venir, c'était l'implication parfaitement claire que tous ces gens, toutes ces créatures étaient bel et bien, encore et toujours, la seule et même personne.

Et il était tout aussi clair que ladite personne était — quoique injustement — chagrinée et contrariée au plus haut point.

En fait, il serait juste de dire qu'elle avait atteint un degré de contrariété encore jamais vu dans tout l'Univers. C'était une contrariété d'une ampleur proprement épique, une contrariété à vous brûler d'une flamme torride et déchirante, une contrariété qui recouvrait désormais de son éternel ombrage l'infini de l'espace et du temps.

Et cette contrariété avait trouvé sa pleine expression dans la Statue dressée au centre de toute cette monstruosité, qui était une statue d'Arthur Accroc et qui n'avait rien de flatteur.

Haute de quinze mètres au bas mot, il n'était pas un centimètre de l'œuvre qui ne fût pas gorgé d'insulte et de mépris pour son sujet, et quinze mètres de ce régime avaient de quoi créer chez n'importe quel sujet un certain malaise. Depuis le petit bouton au coin de son nez jusqu'à la coupe ringarde de sa robe de chambre, il n'était pas un aspect de la personnalité d'Arthur Accroc que l'artiste n'eût épinglé pour l'éreinter et le diffamer.

Arthur s'y trouvait figuré comme une gorgone, un ogre maléfique, vorace et rapace, un monstre assoiffé de sang, se frayant un chemin pavé des cadavres de l'unique habitant d'un innocent Univers.

De chacun des trente bras que dans une crise de fureur artistique, le sculpteur avait décidé de lui donner, on le voyait soit décerveler un lapin, soit écrabouiller une mouche, désosser un poulet, s'attraper une puce, ou effectuer quelque autre activité qu'Arthur était à première vue bien en peine d'identifier.

Quant à ses nombreux pieds, ils écrasaient principalement des fourmis.

Arthur se voila les yeux de la main, pencha la tête et la hocha lentement, empli de tristesse et d'horreur devant la folie de toute chose.

Et lorsqu'il rouvrit les yeux, devant lui se dressait la silhouette de l'homme ou de la créature, comme on voudra, qu'il avait censément persécuté durant tout ce temps.

« HhhhhhhhhrrrrrrraaaaaaaHHHHHHH ! » dit Agrajag.

Il ou elle ou ça ressemblait à une espèce de grosse chauve-souris complètement dingue. Il fit lentement le tour d'Arthur en claudiquant, pointant vers lui ses serres griffues.

« Ecoutez... protesta Arthur.

— HhhhhhrrrrrraaaaaaaaHHHHH !!! » expliqua Agrajag, ce qu'Arthur, à contrecœur, fut bien forcé d'admettre, pour la bonne et simple raison qu'il était passablement terrorisé par cette hideuse et bizarrement difforme apparition.

Agrajag était noir, bouffi, ridé et tanné.

Ses ailes étaient en quelque sorte d'autant plus effrayantes qu'elles étaient ces pathétiques choses fripées et brisées, et non de vigoureux et musculeux battoirs. L'effrayant là-dedans, sans doute, c'était cette ténacité dans l'obstination à vouloir vivre contre toute attente.

L'être possédait la plus étonnante collection de dents qu'il fût donné de voir.

Elles avaient l'air de provenir chacune d'un animal complètement différent et elles étaient disposées dans sa bouche selon des angles si bizarres qu'il semblait que si jamais lui avait pris l'idée de vouloir mâcher quelque chose, il se serait lacéré la moitié du visage dans l'opération, voire peut-être arraché un œil dans la foulée.

Chacun de ses trois yeux intenses et minuscules semblait aussi frais qu'un poisson abandonné sur une haie de troènes.

« J'étais à un match de cricket », grinça l'être.

C'était, à voir la chose en face, une idée si délirante qu'Arthur manqua s'en étrangler.

« Pas dans ce corps, crissa la créature, pas dans ce corps ! Ceci est mon dernier corps. Mon ultime réincarnation. Le corps de ma vengeance. Mon corps pour en découdre avec Arthur Accroc. Ma dernière chance. Et il m'a fallu me battre pour l'avoir.

— Mais…

— J'étais, rugit Agrajag, à un match de cricket ! J'avais le cœur fragile, mais enfin, comme j'ai dit à ma femme, qu'est-ce que tu veux qu'il m'arrive à un match de cricket ? Et pendant que je regarde le match, qu'est-ce qui arrive ?

« Deux individus, animés d'une malveillance manifeste, jaillissent du néant juste devant moi. Le dernier détail que je ne peux m'empêcher de relever avant que mon pauvre cœur n'abandonne la partie, sous le choc, est qu'un des deux personnages n'est autre qu'Arthur Accroc, un os de lapin fiché dans la barbe. Coïncidence ?

— Oui, dit Arthur.

— Coïncidence? » hurla la créature, battant douloureusement de ses ailes brisées et s'ouvrant une petite estafilade sur la joue droite avec une dent particulièrement vicieuse. Un examen plus minutieux, du genre dont il aurait préféré se passer, permit à Arthur de noter que la majeure partie du visage d'Agrajag était recouverte de lambeaux noircis de pansement adhésif.

Il battit nerveusement en retraite. Se passa la main dans la barbe. Et fut atterré de découvrir qu'il avait effectivement son os de lapin fiché dedans. Il l'arracha et le jeta au loin.

« Ecoutez, reprit-il, c'est simplement le destin qui s'amuse à nous faire des niches idiotes. A vous. A moi. C'est une complète coïncidence.

— Qu'est-ce que vous avez contre moi, Accroc? » gronda férocement la créature, tout en avançant sur lui en claudiquant douloureusement.

« Rien, insista Arthur, honnêtement, rien du tout. »

Agrajag le fixa d'un œil torve. « Curieuse façon de se lier avec quelqu'un contre qui on n'a rien que de le tuer tout le temps, me semble-t-il. Moi, j'appelle ça des rapports sociaux très particuliers. J'appelle ça aussi un mensonge!

— Mais écoutez... je suis absolument désolé. C'est un terrible malentendu. Il faut que je parte. Vous avez l'heure? On m'attend pour aider à sauver l'univers. » Il recula encore plus.

Agrajag avança encore plus.

« A un moment, siffla-t-il, à un moment, j'ai décidé de laisser tomber. Oui. Je ne reviendrais plus. Je resterais dans les limbes. Et qu'est-il arrivé? »

Arthur indiqua avec force hochements de tête désordonnés qu'il n'en avait pas la moindre idée et préférait ne pas en avoir. Il s'aperçut qu'il butait contre la pierre sombre et froide que Dieu sait qui, dans un effort herculéen, avait sculpté en une monstrueuse parodie de l'une de ses charentaises. Il leva les yeux vers l'image horriblement travestie qui le dominait. Il restait toujours intrigué par la représentation de ce qu'une de ses multiples mains était censée faire.

« Je me suis retrouvé involontairement propulsé dans le monde physique, poursuivit Agrajag, sous la forme d'un bosquet de pétunias. De pétunias en pot, ajouterai-je. Cette modeste existence particulièrement heureuse commença pour moi, dans mon pot, en plein vide à quatre cent cinquante kilomètres au-dessus de la surface d'une planète particulièrement sordide. Position habituellement instable pour un pot de pétunias, me direz-vous. Et vous aurez raison.

« Cette existence se termina effectivement fort peu de temps après et très exactement quatre cent cinquante kilomètres plus bas. Au beau milieu, ajouterai-je encore, des restes encore chauds d'un énorme cachalot. Mon frère d'âme [1]. »

Il lorgna Arthur avec une haine renouvelée.

« Pendant ma chute, reprit-il en grondant, je n'ai pas pu m'empêcher de remarquer la présence d'un astronef blanc d'aspect très tape-à-l'œil. Et reluquant, l'air niais, derrière un hublot de cet astronef tape-à-l'œil, je vous le donne en mille : Arthur Accroc ! Alors, *coïncidence ?!!!*

— Oui ! » glapit Arthur. Il leva de nouveau les yeux et se rendit alors compte que le bras qui l'avait tant intrigué était en fait représenté en train de matérialiser vicieusement un pot d'infortunés pétunias, ce qui n'était pas un concept qui vous sautait aisément aux yeux.

« Il faut absolument que je parte, insista Arthur.

— Vous pourrez partir, répondit Agrajag, *après* que je vous aurai tué.

— Non, ça sera inutile », expliqua Arthur, tout en commençant l'ascension de sa charentaise sculptée,

---

1. Arrivé à ce point du récit, le lecteur curieux pourra toujours relire avec profit les pages 140-141 du tome premier de la fabuleuse saga aux fins d'éclairer sa lanterne. (*N.d.T.*)

« parce que, voyez-vous, je dois absolument sauver l'univers. Et il faut pour ça que je retrouve un Bâton d'Argent. C'est bien là le problème. Délicat à faire, une fois qu'on est mort.

— Sauver l'univers ! » cracha Agrajag, méprisant. « Vous auriez dû y songer avant de commencer à entreprendre cette stupide vendetta contre moi ! Tenez, et la fois où vous étiez sur Askilman Bêta et que quelqu'un...

— Je n'y ai jamais mis les pieds.

— ... a voulu vous assassiner et que vous vous êtes penché juste à ce moment-là. A votre idée, qui la balle est-elle allée toucher ? Hein ? A votre idée ?

— Jamais mis les pieds, répéta Arthur. Je ne sais pas de quoi vous voulez parler. Il faut que j'y aille. »

Agrajag s'immobilisa. « Vous devez avoir été là-bas. Vous y avez été responsable de ma mort ; comme partout ailleurs. La mort d'un passant innocent ! » Il frémissait.

« Je n'ai jamais entendu parler de ce coin, insista Arthur. Et je suis bien certain que personne n'a jamais cherché à m'assassiner. A part vous. Peut-être que je m'y rendrai plus tard, à votre avis ? »

Agrajag cligna lentement des yeux, figé par une espèce d'horreur logique. Il n'eut que la force de murmurer : « Vous n'êtes *pas encore* allé sur Askilman Bêta ?

— Non. C'est la première fois que j'en entends parler. Je n'y suis certainement jamais allé et je n'ai sûrement pas l'intention de le faire.

— Oh ! si que vous allez y aller ! » marmonna Agrajag d'une voix brisée. « Oh ! si, que vous allez y aller. Et zark ! » Il chancela, contemplant d'un air égaré sa monstrueuse Cathédrale de Haine. « Je vous aurai amené ici trop tôt ! »

Il se mit à crier et beugler. « Je vous ai amené ici zarquonnement trop tôt ! »

Soudain, il se ressaisit et tourna vers Arthur un œil

torve et débordant de haine. Il rugit : « Je vais vous tuer quand même ! Même si c'est une impossibilité logique, tiens, j' vais m' gêner ! J' m'en vais te nous faire sauter toute cette foutue zarquonne de montagne ! (Il hurlait.) On va bien voir si ce coup-ci tu t'en sors, Arthur Accroc ! »

Il se rua avec un clopinement douloureux vers ce qui semblait un petit autel sacrificiel tout noir. Il beuglait à présent avec une telle sauvagerie qu'il s'en dilacérait littéralement et fort méchamment le visage. Arthur bondit de son refuge au sommet de son propre pied sculpté pour tenter de retenir la malheureuse créature aux trois quarts folle.

Il lui sauta dessus et fit s'affaler l'étrange monstruosité en travers de l'autel. Agrajag hurla de nouveau, se débattit avec sauvagerie durant un court instant puis tourna vers Arthur un regard égaré : « Vous savez ce que vous venez de faire ? gargouilla-t-il avec peine. Vous avez encore réussi à me tuer. Bon sang, mais qu'est-ce que vous voulez de moi ? Mon sang ? »

Il eut encore un bref spasme apoplectique puis il frémit et s'affala en écrasant un gros bouton rouge sur l'autel dans sa chute.

Arthur sursauta, d'horreur et de terreur, d'abord en voyant ce qu'il avait fait, ensuite au hurlement des sirènes et des sonneries qui s'étaient mises à faire trembler les airs pour clamer quelque vociférante alerte. Il regarda autour de lui, affolé.

La seule issue semblait être par là où il était venu. Il jeta son immonde sac en simili peau de léopard et se rua dans cette direction.

Il fonçait au hasard, au jugé, dans de dédalesque labyrinthe, comme poursuivi par une frénésie croissante de klaxons, de sirènes et de lumières clignotantes.

Soudain, il tourna un coin et découvrit de la lumière devant lui.

Elle ne clignotait pas. C'était le jour.

Chapitre 19.

Bien qu'on ait pu dire que dans toute notre Galaxie, la Terre fût la seule planète où l'on prît le Kriquète (ou cricket) pour un jeu, raison pour laquelle on l'a boudée, ceci ne s'applique toutefois qu'à notre Galaxie, et plus précisément, à notre dimension. Dans certaines dimensions supérieures, les gens savent encore plus ou moins s'amuser et pratiquent un jeu particulier baptisé l'Ultra-cricket pèlerin depuis l'équivalent transdimensionnel de milliards d'années.

« Disons-le tout net, c'est un jeu immonde *(dixit* le *Guide du Routard galactique)* mais enfin, quiconque s'est déjà rendu dans l'une ou l'autre dimension supérieure sait qu'on trouve là-haut un sacré beau ramassis de sauvages qu'il vaudrait mieux purement et simplement liquider, même qu'on l'aurait déjà fait si quelqu'un avait déjà trouvé le moyen de tirer à quatre-vingt-dix degrés de la réalité. »

Cela est un nouvel exemple du fait que le *Guide du Routard galactique* est prêt à engager le premier badaud venu surtout s'il se trouve que ledit badaud vient à pénétrer dans les locaux du Guide durant l'après-midi, à une heure où une grande partie de la rédaction s'est absentée.

Car il nous faut souligner ici un point fondamental : L'histoire du *Guide du Routard galactique* est une histoire pleine d'idéalisme, de luttes, de désespoir, de passions, de succès, d'échecs, et d'incroyablement longues pauses déjeuner. Les origines premières du *Guide* sont aujourd'hui perdues — tout comme la majeure partie de sa comptabilité — dans les brumes du temps.

(Pour d'autres — encore plus curieuses — théories sur l'endroit où elles seraient perdues, voir plus bas.)

La plupart des récits qui subsistent toutefois, évoquent sa fondation par un éditeur répondant au nom d'Hubert Marché.

Hubert Marché, dit-on, a fondé le *Guide,* instauré ses principes fondamentaux de pluralisme et d'honnêteté, puis fait faillite.

S'ensuivirent alors de longues années de quête et de pénurie durant lesquelles il consulta ses amis, se morfondit au fond de pièces obscures et dans des dispositions d'esprit que réprouve la loi, songea à ci et ça, s'amusa avec des haltères puis, après avoir fait la connaissance des Très Saints Frères Tapeurs de Cloche à Midi (congrégation qui professait que puisque le déjeuner était au centre de la vie temporelle de l'homme, et que la vie temporelle de l'homme pouvait être considérée comme un analogue de sa vie spirituelle, le Déjeuner devait par conséquent :

a) être vu comme le centre de la vie spirituelle de l'homme et

b) être pris dans les restaurants les plus chouettes) fonda de nouveau le *Guide,* posa ses principes fondamentaux d'idéalisme et d'honnêteté ainsi que l'endroit où on pouvait se les mettre, et mena le *Guide* vers son premier grand succès commercial.

Il se mit également à développer et approfondir la fonction de la coupure éditoriale de midi qui devait par la suite jouer un rôle crucial dans l'histoire du *Guide* puisqu'elle impliquait qu'une partie du travail rédactionnel proprement dit devait être effectuée par n'importe quel inconnu de passage qui se trouvait traîner dans les bureaux vides durant l'après-midi s'il voyait quelque chose d'intéressant à faire.

Peu de temps après, le *Guide* fut repris par le groupe Megadodo Publications de Bêta de la Petite Ourse, procurant par là même à l'entreprise une solide assise financière et permettant à son quatrième directeur,

Manuel D. K. Stor Jr. de se lancer dans des pauses déjeuner d'une si époustouflante ampleur que même les plus gros efforts de ses plus récents dirigeants (qui financent désormais tout un programme de pauses déjeuner de bienfaisance) ressemblent à de vulgaires sandwiches en comparaison.

En fait, Manuel D.K. n'a jamais officiellement démissionné de ses fonctions — il a simplement un jour quitté son bureau en fin de matinée et n'est pas rentré depuis. Bien que plus d'un bon siècle se soit écoulé depuis, une bonne partie de la rédaction du *Guide* nourrit encore l'idée romantique qu'il serait simplement descendu avaler un croissant au jambon et qu'il va incessamment revenir pour abattre un solide après-midi de travail.

Strictement parlant, tous les directeurs qui ont succédé à Manuel D.K. Stor Jr. ont en conséquence pris le titre de Directeurs par intérim et le bureau de Manuel est resté tel quel, avec cette simple petite plaque : « Manuel D.K. Stor Jr., Directeur de la Publication, disparu, entre la poire et le fromage. »

Selon d'autres sources particulièrement subversives et calomniatrices, l'hypothèse serait que Manuel D.K. aurait en vérité péri victime des premières expériences extraordinaires du *Guide* dans le domaine de la librairie alternative. On sait en fait très peu de choses sur tout ceci et on en dit encore moins.

Quiconque en effet a le malheur de noter (quant à mettre l'accent sur le fait, n'en parlons pas) que chacune des planètes sur laquelle le *Guide* a installé un service comptable a régulièrement fini peu de temps après, détruite par la guerre ou quelque autre désastre naturel, quiconque, donc, relève ce fait passablement curieux, totalement inexplicable et relevant en fin de compte de la plus pure coïncidence, prend le risque de se voir poursuivi jusqu'à son dernier sou.

Il convient également de remarquer — même si c'est sans aucun rapport — que les deux ou trois jours qui précédèrent la démolition de la Terre (en vue de dégager le passage pour une nouvelle déviation hyperspatiale) avaient vu une considérable recrudescence des observations d'ovni — et ce, non seulement au-dessus du terrain de cricket de St. John's Wood, à Londres, mais également au-dessus de Glastonbury, dans le Somerset.

Le nom de Glastonbury avait de tout temps été traditionnellement associé à ces mythes de royaumes antiques, ces récits de sorcellerie, de sites magiques et de guérison des verrues, or c'est justement là que le *Guide du Routard* avait choisi d'entreposer ses archives comptables et, effectivement, dix années d'archives comptables venaient justement d'être transférées sur une colline magique quelques heures à peine avant l'arrivée des Vogons.

Si étranges et inexplicables fussent-ils, aucun de ces faits toutefois n'est aussi étrange et inexplicable que la règle du jeu d'ultra-cricket pèlerin tel qu'on le pratique dans les dimensions supérieures. Les règles complètes de ce jeu forment un ensemble si massif et complexe que la seule fois où on les a réunies, elles ont provoqué un effondrement gravitique qui fut à l'origine d'un trou noir.

On peut en donner toutefois le bref aperçu suivant :

RÈGLE NUMÉRO UN :

Se faire pousser au moins trois jambes supplémentaires. On n'en aura peut-être pas besoin mais ça amuse toujours les foules.

RÈGLE NUMÉRO DEUX :

Dénicher un bon joueur d'ultra-cricket pèlerin. Le cloner plusieurs fois. Ça fera toujours l'économie de pénibles procédures de sélection et de monotones séances d'entraînement.

RÈGLE NUMÉRO TROIS :

Placer votre équipe et l'équipe adverse sur un terrain que l'on aura pris soin de cerner d'un très haut mur. La raison en est que, même si ce sport est avant tout un grand spectacle populaire, la frustration que peut éprouver le public ainsi mis dans l'incapacité d'assister au déroulement normal du jeu le conduit à s'imaginer que celui-ci est considérablement plus passionnant qu'il n'est en réalité. Une foule qui vient d'assister à une partie quelque peu décevante se sent bien moins sûre d'elle et considérablement moins motivée qu'une foule persuadée qu'elle vient tout juste de rater l'événement sportif du siècle.

RÈGLE NUMÉRO QUATRE :

Lancer aux joueurs par-dessus le mur un assortiment varié d'accessoires de sport tels que : battes de cricket, cannes de golf, battes de base-ball, *roquettes* de tennis, bâtons de ski, bref tout objet contondant susceptible d'offrir une bonne prise.

RÈGLE NUMÉRO CINQ :

Les joueurs devront alors se flanquer des coups de bâton avec la dernière énergie. Chaque fois qu'un joueur sera réputé avoir « touché » un adversaire, il devra détaler illico jusqu'à au moins une distance prudente avant de se retourner pour lancer alors ses excuses.

Lesquelles devront être concises, sincères et, pour avoir un maximum de clarté et rapporter un maximum de points, se voir délivrées par l'intermédiaire d'un mégaphone.

RÈGLE NUMÉRO SIX :

Sera déclarée gagnante la première équipe à avoir gagné.

Assez curieusement, plus l'obsession du jeu croît avec les dimensions, moins on y joue en pratique car la plupart des équipes en compétition se retrouvent en état de guerre permanente à propos de l'interprétation des susdites règles. Ce qui est tout compte fait pour le mieux car, à long terme, et du strict point de vue psychologique, n'importe quelle bonne grosse guerre se révèle infiniment moins nuisible en fin de compte qu'une interminable partie d'ultra-cricket pèlerin.

Chapitre 20.

Tandis qu'Arthur, tout suant et soufflant, dévalait au pas de course le flanc de la montagne, il sentit soudain toute la masse rocheuse commencer à bouger très doucement sous ses pieds. Il y eut un grondement, un rugissement, et comme un léger flou, puis une langue de chaleur dans le lointain, derrière, et au-dessus de lui. Il courut de plus belle, totalement paniqué. Le terrain se mit à glisser franchement sous ses pas et il put alors ressentir toute la force de l'expression « glissement de terrain » comme jamais il ne l'avait ressenti auparavant : ça n'avait toujours été qu'un simple mot pour lui jusqu'alors mais voilà qu'il prenait soudainement et terriblement conscience du fait que le glissement était une activité bien étrange et vertigineuse, surtout venant d'un terrain. Surtout quand il lui prenait de la pratiquer quand vous étiez dessus. Arthur tremblait de trouille comme un malade. Le terrain glissait, la montagne bégayait, Arthur glissa, tomba, se releva, retomba, glissa encore, détala. Et l'avalanche commença.

Des cailloux d'abord, puis des pierres, des rochers, des blocs entiers, qui se mirent à lui batifoler sous le nez comme autant de chiots maladroits sauf qu'ils étaient incomparablement plus gros, considérablement plus durs et plus lourds et presque infiniment plus susceptibles de vous ratiboiser s'ils vous tombaient sur le paletot. Ses yeux dansaient en suivant leur chute, ses pieds dansaient au rythme de la sarabande du sol. Il courait, comme si la course était une terrible et fébrile maladie, le cœur battant à l'unisson du frénétique martèlement tectonique.

La logique de la situation, à savoir qu'il était indubitablement censé survivre si devait se produire le prochain incident dans la saga de son involontaire persécution d'Agrajag, cette logique était totalement incapable de s'emparer de son esprit ou d'exercer sur lui la moindre influence modératrice. Il courait, avec la peur de la mort au ventre, sous les pieds, sur la tête et au cul.

Et puis, soudain, il trébucha de nouveau et fut projeté en avant, emporté par son élan fort considérable. Mais, juste au moment où il était sur le point de heurter le sol avec la plus extrême violence, voilà qu'il découvrit pile en face de lui un petit sac fourre-tout bleu marine qu'il savait pertinemment avoir perdu à la réception des bagages de l'aéroport d'Athènes quelque dix ans plus tôt sur son échelle de temps personnelle et, de surprise à ces retrouvailles, il en rata complètement le sol et se retrouva projeté dans les airs, la cervelle carillonnante.

Et voilà, ce n'était pas plus malin que ça : il volait. Il regarda autour de lui avec surprise mais il ne pouvait subsister le moindre doute. C'était bien ce qu'il était en train de faire. Aucune partie de son corps ne touchait le sol et même, aucune ne faisait mine de s'en approcher. Non, il flottait là, simplement, au beau milieu de l'averse de caillasse.

Il pouvait maintenant faire quelque chose pour remédier à ça : clignant des yeux dans un grand effort de non-concentration, il s'en alla flotter un peu plus haut si bien qu'à présent l'averse rocheuse lui passait au-dessous.

Il regarda vers le bas, pris d'une intense curiosité. Entre lui et le sol frémissant se trouvait désormais une couche de dix bons mètres d'espace vide, enfin, vide si l'on ne tenait pas compte des cailloux qui n'y faisaient certes qu'un très bref séjour, happés qu'ils étaient par l'étreinte de fer de la loi de la gravitation ; cette même loi qui semblait tout soudain avoir offert à Arthur un congé sabbatique.

Il lui apparut presque instantanément, et avec cette exactitude instinctive que seul peut provoquer l'instinct de conservation, qu'il ne devait surtout pas essayer d'y penser, que, s'il le faisait, la loi de la gravitation s'empresserait de jeter un œil sévère dans sa direction et exigerait de savoir ce qu'il croyait bien fiche là-haut et que tout serait dès lors instantanément perdu.

Alors, Arthur pensa aux tulipes. C'était difficile mais il y parvint. Il pensa à l'agréable et ferme rotondité de leur calice, pensa à l'intéressante variété de leurs divers coloris et se demanda quelle proportion du nombre total de tulipes qui poussaient (ou avaient poussé) sur la Terre pouvait être dénombré dans un rayon d'un kilomètre autour d'un moulin à vent. Au bout d'un moment, ce genre de réflexion commença de le barber sérieusement et il sentit l'air glisser autour de lui, il sentit qu'il commençait à redescendre dans le sillage de ces rochers auxquels il essayait si fort de ne pas penser, aussi s'empressa-t-il de songer quelques instants à l'aéroport d'Athènes ce qui le tint utilement distrait durant quelque cinq minutes — au terme desquelles il découvrit non sans surprise qu'il flottait à présent à près de deux cents mètres au-dessus du sol.

Il se demanda durant un instant comment il allait bien faire pour le regagner mais instantanément balaya ce genre d'idée du champ de ses spéculations, en essayant plutôt de considérer froidement la situation.

Il volait. Bon. Et maintenant ? Il regarda de nouveau le sol. Pas trop : autant que possible en y jetant un petit coup d'œil comme ça, en passant. Il y avait deux détails qu'il ne put s'empêcher de remarquer. Le premier, c'était que l'éruption de la montagne s'était à présent tarie — un cratère s'était formé à peu de distance de la crête, sans doute là où s'était effondrée la voûte de l'énorme caverne, engloutissant la cathédrale, sa statue en pied et le malheureux avatar d'Agrajag.

Le second, c'était son fourre-tout, celui qu'il avait perdu à l'aéroport d'Athènes. Il traînait, mutin, sur un coin de terrain dégagé, au milieu des rochers complètement lessivés mais qui apparemment n'étaient pas parvenus à l'atteindre. Pourquoi devait-il en être ainsi, voilà ce qu'il était bien incapable d'imaginer mais puisque ce mystère était complètement éclipsé par la monstrueuse impossibilité de l'apparition préalable de son sac en un tel endroit, ce n'était pas une spéculation qu'il se sentait franchement de taille à élucider. Le fait est que le sac était bien là. Et l'immonde sacoche en simili peau de léopard semblait quant à elle avoir disparu, ce qui était pour le mieux, même si ça ne clarifiait pas vraiment le problème.

Le problème, pour lui, c'était de devoir récupérer l'objet. Se retrouver ainsi à flotter à deux cents mètres au-dessus de la surface d'une planète inconnue dont il n'était pas fichu de se rappeler le nom... il ne pouvait ignorer la position pitoyable de ce pauvre petit bout de truc qui lui tenait lieu d'existence, ici, à tant et tant d'années-lumière des restes pulvérisés de ce qui avait été jadis son chez-soi.

Qui plus est, se rendit-il compte, ce sac, s'il était toujours dans l'état où il l'avait perdu, eh bien, ce sac devait contenir le seul et unique dernier bidon d'huile d'olive grecque à subsister encore dans tout l'univers.

Lentement, précautionneusement, centimètre par centimètre, il entreprit sa descente, oscillant doucement d'un côté à l'autre, telle une feuille de papier nerveuse se faufilant vers le sol.

Tout baignait, il se sentait bien, l'air le soutenait, mais le laissait quand même passer. Deux minutes plus tard, il se retrouva, planant à une petite cinquantaine de centimètres au-dessus du sac, et confronté à quelques sérieuses décisions. Il fit une légère embardée.

Fronça les sourcils — mais là encore, le plus légèrement possible.

S'il ramassait le sac, pourrait-il l'emporter? Le supplément de poids n'allait-il pas simplement le plaquer au sol?

Le simple fait de toucher un objet posé à terre ne risquait-il pas d'entraîner la décharge soudaine de la force mystérieuse, quelle qu'elle soit, qui le maintenait dans les airs?

Ne valait-il pas mieux se montrer à présent raisonnable et descendre de là-haut, et regagner le sol pour quelques instants seulement?

Mais s'il le faisait, serait-il jamais capable de voler à nouveau?

Lorsqu'il se laissait aller à la goûter, cette sensation était si placidement extatique qu'il ne pouvait supporter l'idée de la voir disparaître, peut-être à jamais. Avec une telle inquiétude en tête, il regagna quelque peu de la hauteur, pour le simple plaisir de goûter à nouveau cette sensation, de goûter ce mouvement si surprenant et facile. Il voletait, il flottait. Il amorça un petit piqué.

Terrible, le piqué! Les bras tendus droit devant lui, cheveux et robe de chambre battant au vent, il piqua du haut du ciel, se redressa à deux pieds du sol et remonta en chandelle pour se redresser enfin au sommet de sa courbe où il s'immobilisa, en plein essor. Et rester planté là, immobile.

C'était merveilleux.

Et, comprit-il soudain, c'était le bon moyen de récupérer son sac: piquer et l'attraper à l'instant précis où il amorçait sa ressource. Il l'emporterait avec lui. Ça le secouerait peut-être un peu mais il était certain qu'il parviendrait à le tenir.

Il fit encore une ou deux tentatives de plongeon, pour s'entraîner. Ça marchait de mieux en mieux. La gifle de l'air sur son visage, les sauts et ressauts de son corps, tout se combinait pour engendrer chez lui une intoxication de l'esprit comme il n'en avait jamais éprouvé depuis, depuis — eh bien, pour autant qu'il se souvienne, depuis sa naissance. Il se laissa emporter par la brise et examina la campagne qui, s'aperçut-il, se révélait passablement immonde : elle avait un aspect désolé, ravagé. Il décida de ne plus la regarder. Il allait juste se récupérer son sac et puis... il ne savait pas très bien ce qu'il allait faire après. Il décida qu'il le récupérerait d'abord et qu'on verrait bien ensuite.

Il estima le vent, prit appui dessus et se retourna. Il flottait dans le lit du vent. En fait, sans le savoir, il était bel et bien en train de dunlopiler.

Il s'enfonça sous le courant d'air, piqua dessous et plongea. Le courant d'air vint s'engouffrer tout autour de lui. Il frissonna. Le sol oscilla, incertain, puis parut se fixer les idées et décida de s'élever doucement à sa rencontre, lui offrant le sac, ses poignées de plastique craquelées tendues vers lui.

A mi-descente, il y eut un soudain moment de danger lorsqu'il se retrouva incapable de croire à ce qu'il faisait — avec pour conséquence immédiate que cela faillit bien se produire — mais il sut se ressaisir à temps, rasa le sol, glissa souplement un bras sous les poignées du sac, prit son essor pour remonter, n'y parvint pas et tout soudain s'écrasa et se retrouva rompu, râpé, écorché et tremblant sur le dur sol pierreux.

Il se releva aussitôt en titubant et se mit à tournoyer désespérément, faisant valser le sac à bout de bras, au summum de la peine et de la déception.

Brusquement ses pieds étaient de nouveau fermement ancrés dans le sol, comme ils l'avaient toujours été. Son corps lui semblait devenu une espèce de gros filet de patates avachi par terre, son esprit avait toute la légèreté d'un sac de plomb.

Il s'affaissa, se tassa, oscilla, pris d'un vertige douloureux. Il essaya désespérément de courir mais ses jambes étaient soudain devenues très faibles. Il trébucha et s'étala de tout son long. Or, à cet instant précis, il lui souvint que le sac qu'il venait de récupérer ne contenait pas seulement un bidon d'huile d'olive grecque mais aussi son quota de vin résiné en franchise douanière et, sous le choc que lui procura cette agréable surprise, il lui fallut bien dix bonnes secondes pour se rendre compte qu'il volait à nouveau.

Il poussa un cri de soulagement et de plaisir, donnant libre cours à une joie purement physique. Il virevolta, pirouetta, dérapa et tournoya dans les airs puis, s'étant effrontément assis sur un courant ascendant, il entreprit d'inventorier le contenu de son fourre-tout. Il se sentait comme, l'imaginait-il, devait se sentir un ange accomplissant sa fameuse danse sur une tête d'épingle sous l'œil scrutateur de doctes philosophes. Il rit de plaisir en découvrant que le sac contenait effectivement l'huile d'olive (grecque) et le résiné (hors taxes) ainsi qu'une paire de lunettes solaires (brisées), deux ou trois slips de bain (pleins de sable), quelques cartes postales (cornées) de Santorin, une grande serviette-éponge (passablement moche), quelques cailloux (pas inintéressants) et divers petits bouts de papier avec l'adresse de gens qu'à son grand soulagement il savait ne plus jamais avoir l'occasion de rencontrer même si la cause en était en soi regrettable. Il jeta les cailloux, chaussa les lunettes et laissa les bouts de papier s'envoler dans le vent.

Dix minutes plus tard, comme il dérivait paresseusement à travers un nuage, il se chopa un vaste et très peu recommandable cocktail en plein dans le bas du dos.

Chapitre 21.

La plus longue et la plus destructrice partie jamais organisée en est aujourd'hui à sa quatrième génération, et personne ne semble donner le moindre signe de vouloir la quitter. Quelqu'un a bien jeté un coup d'œil à sa montre mais cela remonte à onze ans maintenant et ce geste est demeuré sans suite.

La pagaille qui règne est extraordinaire, il faut le voir pour y croire mais si vous n'avez pas particulièrement besoin d'y croire, alors n'allez pas y voir, parce que ça risque de ne pas vous plaire.

On a pu récemment constater quelques éclairs et coups de tonnerre là-haut dans les nuages et selon une théorie, il s'agirait d'une bataille entre les flottes de plusieurs entreprises de nettoyage de tapis qui planent dans les parages tels des vautours mais on ne devrait pas croire ce qu'on entend au cours des parties — surtout ce que l'on peut entendre au cours de celle-ci.

L'un des problèmes — et c'en est un qui ne peut manifestement qu'empirer — est que tous les participants à cette fête sont soit les enfants, soit les petits-enfants voire les arrière-petits-enfants de ceux qui n'avaient déjà pas voulu partir au début et, à cause de toutes ces histoires compliquées d'accouplement sélectif et de gènes récessifs et tout ça, il s'ensuit que tous les participants sont désormais soit des fêtards absolument invétérés, soit des crétins patentés, soit, de plus en plus fréquemment, les deux.

Dans l'un ou l'autre cas, cela signifie, génétiquement parlant, que chaque nouvelle génération est de moins en moins susceptible de partir que la précédente.

Si bien que d'autres facteurs entrent en jeu, telle par exemple la menace d'épuisement du stock de boissons.

Maintenant, à cause de certaines initiatives qui avaient semblé une bonne idée à l'époque (et l'un des problèmes avec une partie qui ne s'arrête jamais, c'est que tout ce qui a pu sembler une bonne idée continue de sembler une bonne idée), ce problème semble encore loin de se poser.

L'un des trucs qui avaient paru une bonne idée à l'époque était que la partie devrait planer — pas au sens

où l'on entend couramment que les parties sont pla-
nantes, mais bien au sens littéral du terme.

Une nuit, il y a bien longtemps, une bande d'astro-
ingénieurs fin saouls de la première génération descendit faire le tour de l'immeuble en titubant, et que je te
creuse ceci et que je t'arrime cela, et que je me cogne
contre le voisin, bref, quand le soleil se leva le
lendemain matin, ne voilà-t-il pas, surprise, qu'il brillait
sur un immeuble plein d'une joyeuse troupe d'ivrognes
qui flottait tel un jeune oisillon mal assuré au-dessus de
la cime des arbres.

Et ce n'est pas tout mais la joyeuse troupe planante
avait également réussi à constituer de sérieuses réserves
de munitions. Si jamais ils devaient se lancer dans
quelque algarade mesquine avec un quelconque mar-
chand de vins, ils voulaient être sûrs d'avoir la force de
leur côté.

La transition de la soirée à temps complet à l'opération cocktail-coup de poing se fit sans difficulté et
contribua puissamment à ajouter cette petite touche de
piment, ce regain d'ardeur qui était devenu nécessaire
vu l'énorme quantité de fois où l'orchestre avait déjà dû
rejouer l'intégralité de son répertoire depuis toutes ces
années.

Ils pillèrent donc, dévalisèrent, rançonnèrent et
firent des descentes sur des villes entières afin de
renouveler leurs stocks de biscuits au fromage, de
mousse à l'avocat et d'échine de porc, ou leurs réserves
de vins et spiritueux qui étaient désormais transférées à
bord par ravitaillement en vol. Mais ce problème de
l'épuisement des réserves de boisson, il allait bien
falloir y faire face un jour.

Car la planète au-dessus de laquelle ils flottent n'est
plus celle au-dessus de laquelle ils commencèrent de
flotter jadis.

Elle est en piteux état.

La partie l'a attaquée, pillée et dévalisée d'épouvantable façon, et personne n'est jamais parvenu à répli-

quer à cause de ses embardées aussi imprévisibles qu'erratiques dans le ciel.

C'est une sacré putain de partie.

C'est aussi un sacré putain de truc à se choper dans le bas du dos.

Chapitre 22.

Arthur se retrouva douloureusement étalé les quatre fers en l'air sur un bout de plaque de béton armé déchirée, la vue brouillée par des lambeaux de nuage et l'ouïe embarrassée par un brouhaha indistinct de réjouissances pâteuses quelque part derrière lui.

Parmi ces bruits il en est un qu'il ne put immédiatement identifier, en partie parce qu'il ne connaissait pas le morceau intitulé *J'ai laissé ma jambe sur Kelgran Bêta*, et en partie parce que l'orchestre qui le jouait était extrêmement las et que certains de ses membres le jouait en 3/4, d'autres en 4/4 et d'autres enfin sur une espèce de Πr^2 bâtard, chacun en fonction de la quantité de sommeil qu'il était parvenu à s'octroyer ces derniers temps.

Arthur était étendu, haletant bruyamment dans l'air moite, et cherchant à se tâter par petits bouts, histoire de vérifier s'il n'était pas blessé. Où qu'il pût se toucher, ça faisait mal. Assez rapidement toutefois, il parvint à la conclusion que c'était en fait sa main qui lui faisait mal. Apparemment, il avait dû se fouler le poignet. Le dos aussi était douloureux mais il constata bientôt à son grand soulagement que ce n'était pas bien grave, il avait tout au plus reçu quelques bleus et il était un peu estourbi mais, à vrai dire, on le serait à moins.

Il n'arrivait toujours pas à saisir ce qu'un immeuble pouvait bien faire à voler dans les nuages.

D'un autre côté, il aurait été bien en peine de trouver une explication convaincante à sa propre présence ici, aussi conclut-il qu'ils n'auraient, l'immeuble et lui, qu'à s'accepter mutuellement. Il leva les yeux. De l'endroit où il était étendu, il découvrait un mur en pierre de taille, claire mais tachée, qui se dressait derrière lui : l'édifice proprement dit. Il semblait s'élever sur une espèce de corniche, ou de surplomb, qui s'étendait sur un mètre, un mètre vingt, tout autour des murs : c'était un fragment du terrain sur lequel le bâtiment avait été édifié et qu'il avait emporté avec lui pour garder une certaine assise.

Arthur se leva, nerveux, et lorsque, soudain, il jeta un œil au-dessus du rebord, le vertige le prit et lui donna la nausée. Il se colla contre le mur, trempé de brouillard et moite de sueur. Il avait la cervelle en roue libre et quelqu'un dans son estomac s'amusait à faire des nœuds... Il avait beau être monté jusqu'ici de son propre chef, il ne pouvait à présent même plus supporter la simple vue du vide hideux qui s'ouvrait devant lui. Il n'allait sûrement pas se risquer à sauter. Il n'allait sûrement pas se risquer à s'en rapprocher, ne fût-ce que d'un centimètre.

Agrippant son fourre-tout, il commença de raser le mur dans l'espoir de trouver une porte d'entrée. La présence solide et pesante du bidon d'huile d'olive lui était d'un grand réconfort.

Il se coula vers le coin le plus proche, espérant que le mur perpendiculaire offrirait de meilleures perspectives d'accès que celui-ci qui n'en offrait lui-même aucune.

L'instabilité du vol de l'immeuble le rendait malade de peur et bien vite, il sortit la serviette de son fourre-tout et accomplit avec cet article ce qui encore une fois justifie sa position éminente dans la liste des accessoires utiles qu'il convient d'emporter sur soi lorsqu'on parcourt la Galaxie en astro-stop : il se la mit sur la tête pour ne pas avoir à voir ce qu'il faisait.

Son pied tâtait le sol. Sa main tendue tâtait le mur.

Enfin, il parvint au coin et comme sa main contournait l'arête, elle rencontra quelque chose qui lui procura un tel choc qu'il manqua basculer pour de bon : c'était une autre main.

Les deux mains s'agrippèrent. Il chercha désespérément à récupérer son autre main pour ôter la serviette de sur ses yeux mais elle tenait déjà le sac avec l'huile d'olive, le résiné et les cartes postales de Santorin, et il n'avait pas du tout l'intention de le lâcher.

Arthur faisait l'expérience de l'un de ces terribles moments de remise en question, de ces moments où l'on se retourne brusquement pour se regarder et se demander : « Où suis-je ? Où vais-je ? Que deviens-je ? Qu'ai-je fait ? Que fais-je ? » Il poussa un petit gémissement.

Il essaya de dégager sa première main mais sans succès : l'autre le tenait fermement. Il n'avait pas d'autre recours que de continuer d'avancer pas à pas. Il se pencha et hocha la tête pour essayer de se dépêtrer de la serviette ; ce qui sembla provoquer un cri aigu trahissant quelque émotion insondable chez le propriétaire de l'autre main.

La serviette lui fut arrachée et il se retrouva regardant droit dans les yeux Ford Escort. Derrière lui se tenait Saloprilopette et plus loin encore, il pouvait distinctement apercevoir un porche et une grande porte, fermée.

Ils étaient tous les deux collés contre le mur, contemplant, les yeux agrandis d'horreur, l'épais nuage obscur qui les entourait, cherchant à résister aux oscillations et aux embardées de l'édifice.

« Mais où t'étais passé, nom d'un petit photon ? siffla Ford, frappé de panique.

— Ben, euh », bégaya Arthur qui ne savait pas très bien comment résumer brièvement tout ça. « Ici et là... Et vous deux, qu'est-ce que vous fichez ici ? »

Ford tourna de nouveau vers lui son regard égaré et

dit d'une voix sifflante : « Ils ne veulent pas nous laisser entrer sans bouteille. »

La première chose que remarqua Arthur comme ils gagnaient l'endroit où la fête battait son plein, en dehors du bruit, de la chaleur suffocante, de l'intense profusion des couleurs qui émergeaient vaguement du nuage de fumée dense, des tapis recouverts d'une épaisse couche de verre pilé, de cendres et de fientes d'avocat, et du petit groupe de créatures ptérodactylesques en lamé qui descendaient sa chère bouteille de résiné en caquetant « soif d'aujourd'hui, soif d'aujourd'hui », ce fut Trillian qui s'était fait lever par un Dieu Tonnerre.

« Ne vous ai-je pas déjà vue chez Milliways ? était-il en train de lui demander.

— C'était vous, avec le marteau ?

— Oui, mais je préfère de beaucoup cet endroit. Tellement moins bien famé, tellement plus risqué. »

Des hurlements trahissant quelque plaisir inqualifiable résonnaient dans la pièce dont les limites extrêmes demeuraient cachées derrière la foule compacte de joyeuses et bruyantes créatures qui s'interpellaient gaiement — et de façon totalement inaudible — ou se livraient pour certaines à des crises de nerfs.

« Quelle ambiance, non ? dit Trillian. Tu disais, Arthur ?

— Je disais : comment as-tu fait ton compte pour atterrir ici ?

— Comme un pointillé voguant au hasard à travers l'Univers. Au fait, tu connais Thor ? C'est un type du tonnerre !

— Enchanté, dit Arthur. Je suppose que ça doit être passionnant.

— Salut ! dit Thor. Absolument. Vous avez un verre ?

— Euh, non. A vrai dire...

— Eh bien, pourquoi ne pas aller en chercher un ?

— C'est ça. A plus tard, Arthur », dit Trillian.

Quelque chose s'était mis à trotter dans la tête d'Arthur : il regarda autour de lui, aux abois.

« Zappy n'est pas ici, n'est-ce pas ?

— Je t'ai dit : à plus tard », répéta fermement Trillian.

Thor le contempla d'un œil dur et charbonneux. Sa barbe se hérissa, le peu de lumière disponible sur place rassembla ses forces pour faire une aura menaçante autour des cornes de son casque.

Il étreignit fermement le coude de Trillian dans sa main considérable et les muscles de son bras roulaient l'un contre l'autre comme deux Volkswagen en train de faire un créneau.

Il s'éloigna avec elle.

« L'un des trucs intéressants avec l'immortalité, lui disait-il, c'est que...

— L'un des trucs intéressants avec l'espace... » Arthur reconnut la voix de Saloprilopette et se retourna. Il était en train de s'adresser à une vaste et volumineuse créature qui évoquait quelque victime d'un combat avec un gros duvet rose et le buvait des yeux d'un air extasié, contemplant ses yeux sombres et sa barbe argentée. « L'un des trucs intéressants avec l'espace, c'est de voir à quel point il peut être ennuyeux.

— Ennuyeux ? » dit la créature, clignant ses yeux passablement ridés et injectés de sang.

« Oui, confirma Saloprilopette. D'un ennui atterrant. Proprement stupéfiant. Il est tellement grand, voyez-vous, et tellement vide. Aimeriez-vous que je vous cite quelques statistiques ?

— Eh bien, euh...

— Je vous en prie. Ça me ferait tellement plaisir. Elles se révèlent, elles aussi, d'un ennui assez sensationnel.

— Je reviens les écouter dans un instant », dit la créature en lui tapotant le bras. Puis, levant sa jupe comme un hydroglisseur, elle s'éloigna en hâte au milieu des vagues de la foule.

« J'ai bien cru qu'elle ne partirait jamais, grommela le vieux bonhomme. Venez, Terrien...

— Arthur.

— Il faut qu'on trouve le Bâton d'Argent. Il est quelque part dans le coin.

— On pourrait pas souffler un peu, avant ? Je viens d'avoir une rude journée. Au fait, Trillian est ici. Elle ne m'a pas dit comment elle avait fait mais je suppose que ça n'a pas d'importance...

— Pensez un peu au danger pour l'Univers...

— Oh ! l'Univers, il est bien assez grand et assez vieux pour se débrouiller seul une petite demi-heure, non ? Bon, d'accord », ajouta-t-il en voyant l'agitation croissante de Saloprilopette, « je vais faire un tour voir si quelqu'un n'a pas vu votre truc.

— Bien, bien, dit Saloprilopette. Très bien. » Et il partit se plonger lui aussi dans la foule et chaque invité à son passage lui conseillait immanquablement de se relaxer.

« Z'auriez pas vu un bâtonnet ? » demanda Arthur à un petit bonhomme qui semblait brûler d'envie d'écouter parler quelqu'un. « En argent, d'une importance vitale pour l'avenir de l'Univers et à peu près long comme ça.

— Non », dit le petit homme superbement ratatiné.

« Mais vous allez prendre un verre et me raconter tout ça. »

Ford Escort passa en coup de vent, emporté dans une danse sauvage et frénétique et pas totalement dénuée d'obscénité avec une partenaire qui semblait porter l'Opéra de Sydney sur la tête. Il était en train de lui brailler quelque remarque futile au-dessus du brouhaha général.

« J'adore votre chapeau, beugla-t-il.

— Quoi ?

— Je disais : j'adore votre chapeau !

— Je ne porte pas de chapeau.

— Eh bien, j'adore votre tête, alors.

— Quoi ?

— Je disais : j'adore votre tête. Fascinante structure osseuse.

— Quoi ? »

Ford parvint à laisser paraître un haussement d'épaules au milieu de la chorégraphie complexe qu'il était en train d'accomplir. Il hurla : « Je disais, vous dansez super... seulement, hochez un peu moins la tête.

— Quoi ?

— C'est simplement que chaque fois que vous hochez la tête... ouille ! » ajouta-t-il comme sa partenaire hochait la tête pour dire : « Quoi ? » lui piquant encore une fois le front de l'extrémité acérée de son crâne proéminent.

« Ma planète a sauté un matin », expliquait Arthur qui s'était à son insu retrouvé en train de raconter au petit homme l'histoire de sa vie — ou du moins de larges extraits de celle-ci ; « c'est pour ça que je suis habillé ainsi, en robe de chambre. Ma planète a sauté avec tous mes vêtements dedans, n'est-ce pas. Je n'avais pas réalisé que je me rendrais à une partie ».

Le petit bonhomme opina avec enthousiasme.

« Un peu plus tard, on me jette par-dessus le bord d'un astronef, toujours vêtu de ma robe de chambre. Au lieu du scaphandre auquel on se serait normalement attendu. Peu après, je découvre que ma planète a été construite à l'origine par un ramassis de souris. Vous pouvez imaginer l'effet que ça m'a fait. Sur quoi, on me tire dessus un bon nombre de fois et je me fais copieusement démolir. A vrai dire, on m'a, avec une fréquence qui en devient ridicule, démoli, tiré dessus, insulté, on m'a régulièrement désintégré et privé de thé et tout récemment encore, je me suis écrasé dans un marécage et j'ai dû passer cinq années au fond d'une grotte humide.

— Ah ! pétilla le petit homme, et vous vous êtes bien amusé ? »

Arthur s'étrangla violemment avec sa boisson.

« Ah ! quelle toux absolument épatante ! » s'extasia le petit homme, tout à fait étonné. « Vous permettez que je me joigne à vous »

Sur quoi il se lança dans la plus extraordinaire et spectaculaire des quintes de toux, quinte qui prit Arthur tellement par surprise qu'il commença de s'étrangler violemment, s'aperçut qu'il s'étranglait déjà et finit dans la plus parfaite perplexité.

A eux d'eux, ils exécutèrent un duo à vous couper le souffle qui dura deux bonnes minutes avant qu'Arthur ne soit parvenu à le conclure avec une ultime éructation.

« C'est si revigorant », haleta le petit homme en essuyant ses yeux embués de larmes, « quelle existence passionnante devez-vous mener. Merci de tout cœur ».

Il serra chaleureusement la main d'Arthur avant de disparaître dans la foule. Arthur hocha la tête, abasourdi.

Un petit jeunot l'aborda, le genre agressif avec la bouche crochue, le nez comme un lumignon et des petites pommettes en bouton de bottine. Il portait un pantalon noir, une chemise de soie, noire aussi, échancrée jusqu'à ce qui était vraisemblablement son nombril bien qu'Arthur eût appris à ne jamais faire de suppositions quant à l'anatomie du genre d'individu qu'il avait tendance à croiser ces temps derniers, et enfin toutes sortes d'horreurs dorées qui lui bringuebalaient autour du cou. Il portait quelque chose dans un sac noir et faisait manifestement tout son possible pour qu'on remarque qu'il n'avait pas envie qu'on le remarque.

« Eh ! euh, j' vous aurais pas entendu dire votre nom, là, à l'instant ? »

C'était effectivement l'une des nombreuses choses qu'Arthur avait révélées au chaleureux petit bonhomme.

« Si, c'est Arthur Accroc. »

L'homme semblait exécuter une petite danse sur un

rythme différent encore de tous ceux que l'orchestre essayait laborieusement de sortir.

« Ouaip, même qu'il y avait un type dans une montagne qui voulait vous rencontrer.

— Je l'ai vu.

— Ouaip, même qu'il avait l'air salement pressé, vous savez.

— Oui, je l'ai vu.

— Ouaip, même que j' me suis dit qu'il fallait que vous le sachiez.

— Je le sais fort bien : je l'ai vu. »

L'homme se tut pour mâchonner une petite gomme. Puis il lui assena une claque dans le dos. « O.K., pas de problème. Moi, c' que j'en dis, hein ? Allez, bonne nuit, bonne chance et tâchez de gagner plein de prix.

— Quoi ? fit Arthur qui commençait à patauger sérieusement.

— N'importe. Faites comme vous voulez. Faites-le bien... » Il émit une espèce de gloussement avec ce qu'il était en train de mâcher puis fit un vague geste du bras.

« Pourquoi ? fit Arthur.

— ... Faites-le mal... quelle importance ? Tout le monde s'en fout, non ? » Le sang sembla brusquement affluer au visage de l'homme et il se mit à crier.

« Pourquoi ne pas aller vous faire foutre ? Allez, barre-toi, tire-toi de mes bottes, mec, allez, fous-moi le camp ! ! !

— Bon, bon, je m'en vais, s'empressa de dire Arthur.

— Non mais c'est pas vrai ! » L'homme le salua sèchement et disparut dans la cohue.

« Mais de quoi est-ce qu'il parlait ? » demanda Arthur à la fille qu'il découvrit à côté de lui. « Pourquoi m'a-t-il souhaité de gagner des prix ?

— Simple terme d'argot du spectacle. » Elle haussa les épaules. « Il vient juste de remporter un prix à la soirée annuelle de remise des Grands Prix de l'Institut des Illusions Récréatives d'Alpha de la Petite Ourse, et il espérait pouvoir glisser ça discrètement, seulement vous ne lui avez pas tendu la perche, alors il n'a pas pu.

— Oh !... oh ! eh bien, je suis désolé de ne pas l'avoir fait. Et dans quelle catégorie, son prix ?

— Celle de l'Usage le Plus Gratuit du Mot " Bordel " dans le Cadre d'Un Scénario Sérieux. C'est un prix très prestigieux.

— Je vois, dit Arthur. Effectivement. Et qu'est-ce qu'on gagne, pour ça ?

— Un Odiard. C'est simplement une espèce de petit truc en argent fixé sur un gros socle noir. Vous disiez ?

— Je n'ai rien dit. J'allais simplement vous demander si le truc en argent...

— Oh ! je croyais que vous aviez dit " plouc ".

— Dit quoi ?

— Plouc. »

Les gens ne cessaient plus de débarquer à la soirée depuis maintenant quelques années, resquilleurs huppés et pique-assiette mondains venus d'autres mondes et depuis quelque temps, à force de contempler leur propre planète, là-bas, loin en dessous d'eux, avec ses cités en ruine, ses champs d'avocats ravagés et ses vignobles saccagés, les étendues grandissantes de ses nouveaux déserts et ses océans recouverts de miettes de biscuit — ou pis — les fêtards avaient, à quelques infimes et presque imperceptibles détails, pris conscience que leur monde n'était peut-être pas aussi chouette qu'il l'avait jadis été. Certains avaient même commencé à se demander s'ils ne pourraient s'arranger pour rester sobres assez longtemps afin de rendre toute la fête digne de l'espace et peut-être ainsi l'emmener vers quelque autre planète où l'air serait plus respirable et leur donnerait moins la migraine.

Les rares paysans sous-alimentés qui parvenaient encore à tirer une bien maigre subsistance du sol à moitié stérile de la planète auraient été extrêmement ravis d'entendre ces sages paroles mais ce jour-là, tandis que la partie débouchait en vrombissant des nuages et que les paysans levaient leurs yeux blêmes dans la crainte d'une nouvelle razzia de vin et de fromage, il apparut clairement que pour l'heure la partie n'était pas le moins du monde en état de repartir où que ce soit, et même qu'elle était sur le point de s'achever. Très bientôt, il serait temps de récupérer couvre-chef et manteau avant de sortir, hagard et titubant, voir dehors quelle heure il était, quel mois on était et s'il y avait moyen dans ce patelin désert et ravagé de trouver un taxi pour quelque part.

La partie était figée dans une horrible étreinte avec un étrange astronef blanc qui semblait saillir à moitié de l'immeuble. Ensemble, ils tressautaient, se soulevaient et tournoyaient dans le ciel avec le plus grotesque mépris pour leur masse considérable.

Les nuages s'ouvraient. L'air s'écartait de leur passage en rugissant.

La partie et le vaisseau de guerre kriquète évoquaient quelque peu dans leur étreinte un couple de canards dont le premier essaie de faire un troisième au second à son insu, tandis que le second essaie de toutes ses forces d'expliquer au premier qu'il ne se sent pas prêt à en mettre en route un troisième, pour l'instant, et que de toute manière il n'est pas du tout certain d'avoir envie d'un éventuel canard des œuvres précisément de ce premier et en tout cas sûrement pas pendant que lui, le second canard, il est occupé à voler.

Le ciel chantait et criait et résonnait de la rage de cette étreinte, fouettant le sol de puissantes ondes de choc.

Et puis soudain, avec un « pouf », le vaisseau kriquète disparut.

La partie partit débouler, désemparée, à travers les cieux, tel un homme appuyé contre une porte qui vient de s'ouvrir à l'improviste. Elle tournoyait et vacillait sur ses réacteurs de sustentation. Elle voulut retrouver son assiette mais ne fit qu'ajouter à la casse. Et repartit dans le ciel, titubant de plus belle.

Pendant un moment, elle continua ainsi mais il était manifeste que ça ne pouvait pas durer longtemps. La partie était désormais perdue, mortellement blessée. Tout plaisir en avait disparu, ce que ses dernières pirouettes cahotantes ne parvenaient plus à dissimuler.

A présent, plus elle cherchait à éviter le sol et plus le choc allait se montrer rude lorsqu'elle finirait par s'y écraser.

A l'intérieur, ça n'allait pas bien fort non plus. Ça allait même monstrueusement mal, pour tout dire, et les gens n'aimaient pas ça et ne se gênaient pas pour le dire. Les robots kriquètes étaient passés.

Ils avaient embarqué le Prix pour l'Usage le Plus Gratuit du Mot « Bordel » dans le Cadre d'un Scénario Sérieux et laissé à la place une scène de dévastation qui rendait Arthur presque aussi malade qu'un candidat à l'Odiard.

« On aurait bien aimé rester vous donner un coup de main », cria Ford en se frayant un chemin parmi l'amoncellement des débris, « sauf qu'on ne va rien en faire ».

La partie fit une nouvelle embardée, faisant jaillir gémissements et cris enfiévrés de sous les décombres fumants.

« Vous comprenez, il faut qu'on aille sauver l'Univers, poursuivait Ford. Et si ça vous paraît une excuse boiteuse, eh bien, vous n'avez peut-être pas entièrement tort. En tout cas, nous sommes partis. »

Il tomba soudain sur une bouteille non ouverte qui gisait, miraculeusement intacte, par terre.

« Ça vous gêne si on emporte ça ? Vous n'en aurez plus besoin. »

Il prit également un paquet de chips.

« Trillian ? » cria Arthur, tout retourné, d'une voix

faiblarde. Avec toute cette fumée, on n'y voyait que dalle.

« Terrien, il faut partir, dit Saloprilopette, nerveux.

— Trillian ? » essaya encore Arthur.

Quelques secondes plus tard, Trillian apparut, tremblante et chancelante, soutenue par son nouvel ami, le Dieu du Tonnerre.

« La fille reste avec moi, dit Thor. Il y a une grande fête en ce moment dans le Valhalla et nous y volons de ce pas...

— Où étiez-vous pendant tout ce temps ? demanda Arthur.

— En haut, dit Thor. Je la soupesais. Voler est une affaire assez épineuse, vous savez. Il faut savoir estimer le vent et...

— Elle vient avec nous, l'interrompit Arthur.

— Eh là, dit Trillian, est-ce que je n'ai pas...

— Non, tu viens avec nous. »

Thor le regarda d'un œil qui fulminait lentement. Il jouait en ce moment sa divinité et il n'était plus question de faire des cadeaux. « Elle vient avec moi, reprit-il calmement.

— Venez, Terrien », dit Saloprilopette, nerveux, en tirant Arthur par la manche.

« Venez, Saloprilopette », dit Ford, nerveux, en tirant le vieillard par la manche. C'était lui qui avait le téléporteur.

La partie oscilla et tressauta, envoyant bouler tout le monde, excepté Thor et Arthur qui fixait, tremblant, les yeux noirs du Dieu Tonnerre.

Lentement, incroyablement, Arthur referma ce qui se révéla être ses petits poings minuscules.

« Vous voulez tâter de ça ?

— Me plaît-il ? rugit Thor.

— Je vous ai demandé », répéta Arthur, incapable de s'empêcher de chevroter, « si vous voulez tâter de ça ». Il brandit ridiculement ses poings.

Thor le considéra avec incrédulité. Puis une petite

volute de fumée lui sortit de la narine. Avec une petite flamme, aussi.

Il agrippa sa ceinture.

Il bomba le torse pour bien faire comprendre qu'il était le genre d'homme qu'on ne se hasardait à entreprendre qu'accompagné d'une cordée de Sherpas.

Il détacha de sa ceinture le manche de son marteau. Il le tint dans ses mains pour en révéler la massive tête d'acier. Dissipant ainsi toute équivoque au cas où certains auraient pu croire qu'il se promenait simplement avec un poteau télégraphique.

Sifflant comme une rivière s'engouffrant au milieu d'une aciérie, il répéta : « Si je veux tâter de ça ?

— Oui », fit Arthur d'une voix devenue soudain extraordinairement forte et belliqueuse. Il brandit de nouveau les poings, cette fois comme s'il ne plaisantait pas.

« Tu veux passer dehors ? » lança-t-il à Thor en lui montrant les dents.

« D'accord ! » mugit Thor tel un taureau enragé (ou plutôt comme un Dieu Tonnerre enragé, ce qui est considérablement plus impressionnant) et il se précipita dehors.

« Parfait, dit Arthur, bon débarras. Salopri, sortez-nous d'ici ; voulez-vous ? »

Chapitre 23.

« Très bien, dit Ford à Arthur, d'accord, je suis un lâche ; mais le fait est que je suis encore en vie. » Ils avaient regagné le *Bistromath,* tout comme Saloprilopette, tout comme Trillian. Mais ils avaient laissé l'harmonie et la concorde en route.

« Bon, et alors, je suis encore en vie, moi aussi,

non ? » rétorqua un Arthur ivre d'aventures et de danger. Ses sourcils montaient et descendaient comme s'ils étaient bien décidés à se battre.

« T'as foutrement bien failli ne plus l'être », explosa Ford.

Arthur se retourna brutalement vers Saloprilopette qui était installé dans le siège de pilotage sur la passerelle de commandement, à contempler rêveusement le fond d'une bouteille qui semblait de toute évidence lui dire des choses insondables. Il le prit à témoin : « Est-ce que vous croyez qu'il aura compris le premier mot de ce que je lui ai dit ? » Il était frémissant d'émotion.

« Je ne sais pas », répondit Saloprilopette, quelque peu détaché. « Je ne suis pas sûr », ajouta-t-il, levant brièvement la tête, « de le comprendre moi-même ». Il contempla ses instruments avec un regain d'ardeur et de perplexité : « Il va falloir que vous nous expliquiez de nouveau tout ça depuis le début.

— Eh bien...

— Mais plus tard. Pour l'instant, des choses terribles se préparent. »

Il frappa le pseudo-verre du cul de la bouteille. « On ne peut pas dire qu'on ait fait des merveilles à cette soirée, j'en ai peur. Et notre seul espoir à présent, je le crains, c'est de parvenir à empêcher les robots d'introduire la Clé dans le Verrou. Comment y arriverons-nous, ça, Dieu seul le sait, grommela-t-il. Il n'y a plus qu'à y aller, je suppose. J' peux pas dire que la perspective m'enchante. On en sortira sans doute les pieds devant.

— Au fait, où est Trillian ? » dit Arthur en essayant brusquement de prendre un air dégagé. Ce qui l'avait mis en rogne, c'était que Ford lui reprochait le temps perdu à cause de toutes ces histoires avec le Dieu du Tonnerre, quand ils auraient pu s'éclipser bien plus vite. L'opinion personnelle d'Arthur, et il ne s'était pas privé de l'énoncer à qui voulait bien l'entendre, était qu'il s'était montré extraordinairement courageux et plein d'initiative.

La tendance générale était semblait-il que son opinion ne valait pas une paire de rognons de coyote fétides. Ce qui lui faisait le plus mal, pourtant, c'était que Trillian ne paraissait pas réagir outre mesure dans un sens ou dans l'autre et qu'elle était d'ailleurs partie se balader Dieu sait où.

« Et où est passé mon paquet de chips ? demanda Ford.

— Ils sont l'un et l'autre (dit Saloprilopette sans prendre la peine de lever les yeux) dans la Chambre des Illusions Informationnelles. Je crois bien que votre jeune amie est en train d'essayer de comprendre certains problèmes d'histoire galactique. Je pense que les chips doivent sans doute l'y aider. »

Chapitre 24.

C'est une erreur de croire qu'on peut résoudre n'importe quel problème majeur rien qu'avec des pommes de terre.

Par exemple, il a existé jadis une race d'une agressivité proprement délirante appelée les Salelongs Désarmenragés de la Défonce. C'était comme ça qu'ils s'appelaient, on n'y peut rien. Et le nom de leur armée était quelque chose de parfaitement épouvantable. Par chance, ils vivaient dans un passé de l'histoire galactique encore plus reculé que tout ce qu'on a pu rencontrer jusqu'à maintenant, quelque chose comme vingt milliards d'années, quand la Galaxie était encore jeune et fringante et que chaque idée pour laquelle ça valait le coup de se battre était une idée neuve.

Et se battre, les Salelongs Désarmenragés de la

Défonce s'y entendaient et s'y entendant, ils se battaient énormément. Ils combattaient leurs ennemis (à savoir tous les autres), ils se battaient entre eux. Leur planète était totalement en ruine. Sa surface était jonchée de villes abandonnées entourées à leur tour de profondes casemates dans lesquelles les Salelongs Désarmenragés vivaient et se flanquaient des peignées.

Le meilleur moyen de se débarrasser d'un Salelong Désarmenragé était encore de le boucler dans une pièce tout seul avec lui-même, vu que tôt ou tard, il finissait purement et simplement par se taper dessus.

A la longue, ils finirent par se rendre compte qu'une telle situation ne pouvait plus durer et ils instaurèrent une loi décrétant que quiconque devait porter une arme dans le cadre de ses obligations salelongues et professionnelles (policier, agent de la sécurité, instituteur, etc.), serait astreint à passer au moins quarante-cinq minutes par jour à taper sur un sac de patates pour évacuer son surplus d'agressivité.

Pendant un temps, cela marcha efficacement, jusqu'au jour où quelqu'un s'avisa qu'il serait bien plus rentable et bien plus expéditif de flinguer plutôt simplement les patates.

D'où, bientôt, un renouveau d'enthousiasme pour le tir sous toutes ses formes et quelle que soit la cible, et chacun de s'exciter grandement à la perspective imminente de la première guerre d'envergure depuis des semaines.

Une autre grande réussite à l'actif des Salelongs Désarmenragés de la Défonce est qu'ils furent la première race à jamais être parvenue à offusquer un ordinateur.

C'était un gigantesque ordinateur spatial nommé Hactar, l'un des plus puissants, dit-on, jamais construits à ce jour. C'était le premier en tout cas à avoir été structuré comme un cerveau naturel, à savoir que chacune de ses cellules élémentaires contenait en elle l'ensemble de sa structure générale, ce qui l'autorisait à penser avec beaucoup plus de souplesse et d'imagination et, également, lui donnait, semblait-il, la faculté de s'offusquer.

Les Salelongs Désarmenragés de la Défonce étaient engagés dans un de leurs conflits habituels avec les Baguerriers Acharnés de Steugh et ils n'y prenaient pas leur pied habituel car cette fois le théâtre des opérations les obligeait à de pénibles marches forcées dans les Marais Radioactifs de Curmédan et à travers les Montagnes de Fer d'Ephrase-Kreuz, deux terrains qui ne leur plaisaient pas plus l'un que l'autre.

Aussi, lorsque les Qoûtlas Strangulateurs de Jaza-Hantib se joignirent à la bagarre en les forçant à ouvrir un nouveau front dans les Cavernes Gamma de Carfrax et les Blizzards Glacés de Varlengooten, ils estimèrent que ça commençait à bien faire et ordonnèrent à Hactar de leur concevoir une Arme Absolue.

« Qu'entendez-vous, leur demanda Hactar, par Absolu ? »

A quoi les Salelongs Désarmenragés de la Défonce répondirent : « T'as qu'à chercher dans un dictionnaire eh con ! » avant de se replonger dans le pugilat.

Et donc Hactar conçut une Arme Absolue. C'était une toute, toute petite bombe qui se présentait sous la forme d'un vulgaire boîtier de raccordement hyperspatial permettant, une fois activé, de connecter simultanément le cœur de chaque soleil de taille respectable avec le cœur de tous les autres soleils de taille également respectable avec pour conséquence de transformer l'Univers entier en une seule et gigantesque supernova hyperspatiale.

Lorsque les Salelongs Désarmenragés de la Défonce voulurent utiliser cette arme pour faire sauter un dépôt de munitions des Qoûtlas Strangulateurs dissimulé dans l'une des Cavernes Gamma, ils furent extrêmement irrités de constater qu'elle ne fonctionnait pas et ne se privèrent pas de le dire.

En fait, Hactar avait été offusqué par l'ensemble de ce projet.

Il essaya de leur expliquer qu'il avait bien réfléchi à toute cette histoire d'Arme Absolue et qu'il avait abouti à la conclusion que s'abstenir de déclencher la bombe ne pouvait pas avoir de conséquences pires que celles envisageables des suites de son déclenchement et que donc il avait pris la liberté d'introduire un léger défaut de conception dans le dessin de l'engin en espérant que toutes les parties impliquées comprendraient, au terme d'une calme réflexion, que...

Les Salelongs Désarmenragés de la Défonce marquèrent leur désaccord en pulvérisant l'ordinateur.

Plus tard, ils se ravisèrent et détruisirent sur leur lancée la bombe défectueuse.

Puis, ayant tout juste pris le temps de flanquer une bonne raclée aux Baguerriers Acharnés de Steugh ainsi qu'aux Qoûtlas Strangulateurs de JazaHantib, ils repartirent en quête d'une nouvelle façon radicale de se faire sauter la tête — et ce pour le plus grand soulagement du reste de la Galaxie, en particulier les Baguerriers, les Qoûtlas et les Pommes de Terre.

Voilà donc ce que Trillian avait pu observer — en même temps que l'histoire de Kriquète. Elle émergea, pensive, de la Chambre des Illusions Informationnelles, juste à temps pour découvrir qu'ils étaient arrivés trop tard.

Chapitre 25.

Alors même que le *Bistromath* se matérialisait au sommet d'une petite falaise sur le minuscule astéroïde qui poursuivait sa course éternelle et solitaire en orbite autour du système solaire isolé de Kriquète, les membres de son équipage comprirent aussitôt qu'ils arrivaient juste pour être les simples témoins d'un événement historique irrémédiable.

Ils ne savaient pas encore qu'ils allaient en voir deux.

Ils étaient donc là, glacés, solitaires et désemparés, au bord de la falaise, à observer l'activité qui se déroulait en dessous d'eux. Des traits de lumière tournoyaient en formant dans le vide des arcs sinistres, jaillis d'un point situé à une centaine de mètres au-dessous d'eux, juste en face.

Ils étaient en contemplation devant l'aveuglant phénomène.

C'était une extension du champ du vaisseau qui leur permettait de se tenir là, exploitant une fois encore la prédisposition de l'esprit humain à se laisser aisément abuser : comment ne pas échapper à l'infime gravité de l'astéroïde, comment respirer dans le vide absolu... grâce au champ de CLEP, ce n'était plus leur problème.

Le blanc vaisseau de guerre kriquète était parqué au milieu de l'amas de roches grises et blafardes de l'astéroïde, apparaissant par intermittence dans les faisceaux lumineux. Le dessin des ombres que jetaient les rochers se mêlait en une sarabande délirante au rythme du balayage des traits lumineux.

Les onze robots blancs apportaient, en procession, la Clé du Guichet dans le cercle des lumières dansantes.

La Clé avait été reconstruite. Ses éléments brillaient et scintillaient. Le Pilier d'Acier (alias le pilon de Marvin), symbole de la Force et du Pouvoir, le Bâton d'Or (alias le Cœur du Générateur d'Improbabilité Infinie), symbole de la Prospérité, le Pilier de Plexi (alias le Sceptre de Justice d'Algrobouthon), symbole de la Science et de la Raison, le Bâton d'Argent (alias l'Odiard de l'Emploi le Plus Gratuit du Mot « Bordel » dans le Cadre d'un Scénario Sérieux) et, tout juste reconstitué, le Pilier de Bois (alias les Cendres d'un piquet carbonisé censées signifier la mort du cricket britannique [1]), symbole de la Nature et de la Spiritualité.

« Je suppose qu'il n'y a plus rien à faire à présent, demanda Arthur, nerveux.

— Non », soupira Saloprilopette.

L'expression déçue qui voulut s'inscrire sur les traits d'Arthur fut un échec complet. Aussi ce dernier, profitant de l'obscurité, le mua en un air de soulagement.

« Pas de chance, dit-il.

— Nous n'avons même pas d'armes, observa Saloprilopette. Quelle stupidité.

— Zut alors », fit Arthur, très calme.

Ford ne dit rien.

Trillian ne dit rien, mais d'une façon particulièrement pensive et distinguée. Son regard se perdait dans le vide de l'espace par-delà l'astéroïde.

L'astéroïde en orbite autour du Nuage de poussière qui entourait le Cocon de Temps Ralenti renfermant elle-même la planète sur laquelle vivaient les habitants de Kriquète, les Maîtres de Kriquète et leurs robots tueurs.

Nos héros impuissants n'avaient aucun moyen de savoir si les robots avaient ou non décelé leur présence. Ils pouvaient tout au plus supposer que tel était le cas mais les robots estimaient — à juste titre en l'occurrence — qu'ils n'avaient rien à craindre d'eux. Ils avaient une tâche historique à accomplir et pouvaient se permettre de considérer leur public avec mépris.

« Quel terrible sentiment d'impuissance, non ? » observa Arthur mais les autres l'ignorèrent.

Au centre de la zone de lumière qu'approchaient les robots, une fente dessinant un carré apparut par terre. Elle se fit de plus en plus nette, révélant bientôt un fragment du sol d'environ six mètres carrés qui s'élevait avec lenteur.

_____

1. Authentique. (_N.d.T._)

Au même instant, ils prirent conscience d'autres mouvements mais c'était presque au niveau subliminal et l'espace de quelques secondes, ils ne saisirent pas exactement ce qui était en train de bouger.

Puis ils saisirent exactement.

L'astéroïde bougeait. Il avançait lentement vers le Nuage de poussière, comme halé par quelque pêcheur céleste dissimulé dans ses profondeurs.

Ils s'apprêtaient à refaire en vrai la traversée du Nuage qu'ils avaient déjà effectuée dans la Chambre des Illusions Informationnelles. Ils étaient figés, silencieux. Trillian fronça les sourcils.

Une éternité parut s'écouler. Les événements semblaient s'écouler dans un lent tourbillonnement, tandis que l'avant de l'astéroïde pénétrait déjà dans les vagues franges extérieures du Nuage.

Et bientôt, ils se retrouvèrent engloutis dans une impalpable obscurité dansante. Ils la traversèrent, la traversèrent encore, vaguement conscients de la présence de formes et de tourbillons indéfinissables, impossibles à distinguer dans ces ténèbres, sinon du coin de l'œil.

La poussière atténuait les traits de lumière éblouissante. Les traits de lumière éblouissante faisaient scintiller les myriades de grains de poussière.

Trillian, encore une fois, considéra la traversée du même froncement de sourcils pensif.

Et ils débouchèrent de l'autre côté. Savoir si cela avait pris une minute ou une demi-heure, ils n'auraient su le dire, mais ils l'avaient bel et bien traversé et se trouvaient à présent confrontés à un vide vierge comme si devant eux l'espace lui-même avait été balayé de l'existence.

Et voici maintenant que les événements se précipitaient.

Un aveuglant trait de lumière sembla presque exploser du bloc qui s'était élevé d'un mètre au-dessus du sol puis en jaillit un petit bloc de plexiglas, empli de tourbillons de couleur éblouissants.

Le bloc était creusé de profonds sillons, trois verticaux et deux transversaux, manifestement dessinés pour recevoir la Clé du Guichet.

Les robots approchèrent du Verrou, introduisirent la Clé dans son logement puis firent un pas en arrière. Le bloc se mit à tourner de lui-même et l'espace commença de se modifier autour d'eux.

L'espace reprenait ses assises, donnant aux spectateurs du phénomène la douloureuse impression que leurs yeux se tordaient à l'intérieur de leurs orbites. Ils se retrouvèrent à contempler, aveuglés, un soleil qui s'était dévoilé devant eux, là où semblait-il quelques secondes plus tôt seulement ne s'était trouvé que le vide de l'espace. Il leur fallut bien une ou deux secondes pour comprendre ce qui s'était passé et plaquer leurs mains sur leurs yeux éblouis autant qu'horrifiés. Dans ce bref intervalle de temps, ils prirent conscience de la présence d'une tache minuscule qui se déplaçait lentement en travers de ce soleil.

Ils reculèrent, titubants, et entendirent résonner à leurs oreilles, légère et surprenante, la litanie des robots s'écriant à l'unisson :

« Kriquète ! Kriquète ! Kriquète ! Kriquète ! »

Ce cri les frigorifia. Il était âpre, froid, creux, lugubrement mécanique.

Il était également triomphant.

Ils furent tellement stupéfaits par ces deux chocs sensoriels qu'ils faillirent en rater le second événement historique.

Zappy Bibicy, le seul homme dans l'histoire à avoir survécu à un tir direct des robots de Kriquète, jaillit hors du vaisseau de guerre kriquète, brandissant un redoutable pistolet Décap'Net.

« O.K., s'écria-t-il, à partir de dorénavant, nous avons la situation parfaitement en main. »

Le robot qui faisait le planton au sas d'accès balança

silencieusement sa batte de combat qui entra en contact avec le bas du crâne gauche de Zappy.

« Par Zarquon, qui a fait ça ? » s'exclama la tête gauche avant de dodeliner de l'avant d'une manière assez écœurante.

Sa tête droite avait quant à elle le regard plongé à mi-distance. « Qui a fait ça ? »

La batte entra en contact avec le bas de son crâne droit.

Zappy alla s'aplatir sur le sol en un tas assez informe.

En l'affaire de quelques secondes, tout était terminé. Quelques décharges lancées par les robots suffirent à détruire définitivement le Verrou. Il se fendit et fondit et répandit son contenu par à-coups. Les robots, le pas lourd et, on aurait presque cru, à regret, réintégrèrent leur vaisseau qui avec un « pouf » disparut.

Trillian et Ford descendirent au pas de course la pente escarpée pour se précipiter vers le corps immobile et sombre de Zappy Bibicy.

Chapitre 26.

« Je ne sais pas », répéta Zappy pour ce qui lui sembla la trente-sixième fois, « ils auraient pu me tuer mais ils ne l'ont pas fait. Peut-être qu'ils ont simplement estimé que j'étais une espèce de type merveilleux ou quelque chose comme ça. Je pourrais encore le comprendre ».

Les autres gardèrent pour eux leur opinion sur cette théorie.

Zappy était allongé sur le sol glacé de la passerelle de pilotage. Il avait l'impression que son dos se battait avec le sol, avec cette douleur sourde qui lui martelait les crânes.

« Je crois, murmura-t-il, que quelque chose ne tourne pas rond chez ces mecs en inox, je crois qu'ils ont quelque chose de fondamentalement tordu.

— Ils sont programmés pour tuer tout le monde, remarqua Saloprilopette.

— Ça pourrait bien être ça », siffla Zappy entre deux élancements. Il ne paraissait pas entièrement convaincu.

« Eh poupée ! » lança-t-il ensuite à Trillian, espérant que ça suffirait à le rattraper de sa conduite passée.

« Alors, ça va mieux ? lui demanda-t-elle calmement.

— Ouais, ça boume.

— Parfait », fit-elle avant de s'éloigner pour réfléchir. Elle contempla le vaste visécran disposé au-dessus des couchettes de pilotage et, basculant un interrupteur, elle y fit apparaître des vues prises dans les parages. L'une montrait le vide du Nuage de poussière. Une autre le soleil de Kriquète. Une autre enfin, Kriquète elle-même. Elle alternait frénétiquement les vues.

« Bon, eh bien, salut la Galaxie, non ? » fit Arthur en se claquant les genoux avant de se lever.

« Non, répondit Saloprilopette, gravement. Notre voie est toute tracée. » Son front se rida de sillons assez profonds pour qu'on pût y planter quelques petits légumes. Il se leva, fit les cent pas. Lorsqu'il parla de nouveau, ce qu'il dit l'effraya à tel point qu'il fut obligé de se rasseoir.

« Il faut qu'on descende sur Kriquète. » Un profond soupir secoua sa vieille carcasse et ses yeux semblèrent cliqueter dans leur orbite. « Une fois encore, nous avons pitoyablement échoué. Tout à fait pitoyablement.

— Ça, dit calmement Ford, c'est parce qu'on se sent pas assez concernés. Je l'ai toujours dit. »

Il posa les pieds sur le tableau de bord et se mit à gratouiller négligemment quelque chose du bout de l'ongle.

« Mais, à moins de nous décider à agir », dit en bougonnant le vieillard, comme s'il résistait à quelque tendance à l'insouciance ancrée dans sa nature, « nous serons tous tués. Nous allons tous mourir. Sûrement que vous vous sentez concerné ?

— Pas au point de vouloir mourir pour ça », dit Ford. Et d'arborer une espèce de sourire creux qu'il balança sans vergogne à tous ceux qui voulaient bien le regarder.

Saloprilopette jugea sans aucun doute ce point de vue extrêmement séduisant mais s'empressa d'y résister, se retourna vers Zappy qui grinçait des dents et transpirait de douleur.

« Vous devez sûrement avoir une idée de la raison pour laquelle ils vous ont épargné. Voilà qui semble des plus étrange et passablement inhabituel.

— J'ai tendance à penser qu'ils ne s'en sont même pas aperçu. » Zappy haussa les épaules. « Je vous l'ai dit. Ils m'ont frappé à peine, juste assez pour m'estourbir, vu ? Puis ils m'ont hissé à bord de leur vaisseau, m'ont flanqué dans un coin et ont décidé de m'ignorer. Comme si ma présence les gênait. Si j'ouvrais la bouche, ils m'assommaient de nouveau. On a eu quelques grandes conversations du genre : " Eh... aïe ! " " Hep, vous, là... ouille ! " " Je me demandais si... ouch ! " Ça m'a procuré des heures de distraction, vous savez ! » Il fit une nouvelle grimace.

Il jouait toujours avec quelque chose entre ses doigts. Il leva la main. C'était le Bâton d'Or — le Cœur-en-Or, le cœur du Générateur d'improbabilité infinie. C'était, avec le Pilier de Bois, les deux seuls éléments à avoir survécu intacts à la destruction du Guichet.

« J'ai cru comprendre que votre vaisseau a gardé une certaine manœuvrabilité. Alors, que diriez-vous de me reconduire à bord du mien avant de...

— Vous n'allez pas nous aider ? s'étonna Saloprilopette.

— Nous ? intervint sèchement Ford. Qui ça, nous ?

— J'adorerais rester vous aider à sauver la Galaxie », insista Zappy en se redressant sur les coudes. « Mais je me suis chopé une foutue paire de migraines et je sens qu'elles ne vont pas tarder à faire des petits. Mais la prochaine fois que vous avez la Galaxie à sauver, n'hésitez pas, je suis votre homme... Eh, Trillian, mon chou ? »

Elle se tourna brièvement : « Oui ?

— Vous venez ? *Cœur-en-Or* ? Les émotions, l'aventure, les péripéties mouvementées ?

— Moi, je descends sur Kriquète. »

Chapitre 27.

C'était la même colline et pourtant pas la même. Cette fois, il ne s'agissait pas d'une Illusion informationnelle. C'était bel et bien Kriquète et ils marchaient bel et bien à sa surface. Près d'eux, derrière les arbres, se dressait le bizarre restaurant italien qui avait servi à les amener, eux, en chair et en os, sur le monde bien réel et concret de Kriquète.

Sous leurs pieds l'herbe vigoureuse était bien réelle, comme l'était le riche terreau. Ainsi que les senteurs entêtantes des arbres. La nuit était une vraie nuit.

Kriquète.

Peut-être l'endroit le plus dangereux de la Galaxie pour qui n'était pas un fanatique de Kriquète. L'endroit qui ne pouvait admettre l'existence de n'importe quel autre endroit, l'endroit dont les habitants si charmants, délicieux, intelligents et raffinés auraient hurlé de terreur sauvage et de haine meurtrière à la simple vue d'un individu qui ne fût pas de leur race.

Arthur haussa les épaules.

Saloprilopette haussa les épaules.

Ford, fait surprenant, haussa les épaules.

Ce qui était surprenant, à vrai dire, ce n'était pas qu'il haussât les épaules, c'était tout bonnement sa présence. Mais lorsqu'ils avaient raccompagné Zappy à son vaisseau, il avait de manière fort inopinée eu honte de détaler.

Erreur, se disait-il à présent, erreur, erreur, erreur. Il serra nerveusement l'un des pistolets Décap'Net qu'ils avaient pu récupérer dans l'arsenal de Zappy.

Trillian haussa les épaules et fronça les sourcils en regardant le ciel.

Qui lui aussi avait changé. Il n'était plus sombre et vide. Alors que le paysage alentour n'avait guère changé au cours des deux mille ans des Guerres kriquètes, ou des cinq années seulement qui s'étaient localement écoulées depuis que Kriquète s'était trouvée scellée dans sa coque de Temps ralenti dix milliards d'années plus tôt, le ciel, lui, était radicalement différent.

De pâles lumières et des formes massives l'encombraient en grand nombre.

Tout là-haut au zénith, là où pas un fanatique de Kriquète n'avait jamais levé les yeux, s'étendaient les Zones de guerre, les Zones robots — avec leurs gigantesques vaisseaux cuirassés et leurs massives forteresses suspendues dans leur champ gravinul loin au-dessus des prairies idylliques de la surface de Kriquète.

Trillian les contempla et réfléchit.

« Trillian, lui murmura Ford Escort.

— Oui ?

— Qu'est-ce que vous faites ?

— Je réfléchis.

— Vous respirez toujours comme ça, quand vous réfléchissez ?

— Je ne m'étais pas aperçue que je respirais.

— C'est bien justement ce qui me chiffonne.

— Je crois que je sais…, dit-elle alors.

— Chut ! » fit Saloprilopette, inquiet, et sa main fine

et tremblante leur fit signe de se reculer plus loin dans l'ombre de l'arbre.

Soudain, et comme auparavant sur la bande, des lumières apparurent, gravissant le sentier de la colline mais cette fois, les faisceaux dansants ne provenaient pas de lanternes mais de torches électriques — en soi, ce n'était pas un changement radical mais chaque nouveau détail les faisait sursauter de peur. Cette fois, on n'entendait plus de chansonnette bizarre et cadencée sur les fleurs, la campagne et les petits chiens morts mais des voix assourdies en discussion affairée.

Une lumière glissa dans le ciel avec une lenteur pesante. Arthur se sentit gagné par une terreur claustrophobique et le vent tiède le prit à la gorge.

Au bout de quelques secondes, une deuxième troupe fit son apparition, approchant par l'autre flanc de la sombre colline. Les fanatiques de Kriquète approchaient à grands pas décidés, balançant leurs lanternes pour scruter les ténèbres environnantes.

Les deux groupes convergeaient manifestement. Et qui pis est, ils convergeaient droit sur l'endroit où se tenaient Arthur et les autres.

Arthur entendit un léger froissement lorsque Ford Escort leva son Décap'Net à hauteur de l'épaule et un léger toussotement plaintif lorsque Saloprilopette fit de même avec le sien. Il sentit la masse froide et peu familière de sa propre arme et, les mains tremblantes, la leva lui aussi.

Ses doigts tâtonnèrent pour relever le cran de sûreté afin d'engager, comme Ford le lui avait montré, le cran de danger extrême. Il tremblait tellement que s'il avait tiré sur quelqu'un à cet instant, il lui aurait très certainement dessiné son paraphe sur la peau.

Seule Trillian ne leva pas son arme. Elle leva plutôt les sourcils, les rabaissa puis se mordit les lèvres, pensive. « Avez-vous songé... », commença-t-elle mais personne n'avait guère envie de discuter en ce moment.

Venant dans leur dos, une lumière déchira l'obscurité. Ils se retournèrent pour découvrir, derrière eux, un troisième groupe de fanatiques de Kriquète, en train de les chercher avec leurs torches.

Le pistolet de Ford Escort crépita vicieusement mais il y eut un retour de flammes et l'arme lui échappa.

Il y eut un moment de pure terreur, une seconde figée où personne n'osa tirer.

La seconde écoulée, personne ne tira non plus.

Ils étaient encerclés par des fans de Kriquète au visage pâle qui les inondaient de la lueur dansante de leurs torches.

Les victimes contemplaient leurs chasseurs. Les chasseurs contemplaient leurs victimes.

« Salut ! lança l'un des chasseurs. Excusez-moi mais… seriez-vous… des étrangers ? »

Chapitre 28.

Pendant ce temps, à plus de millions de kilomètres de distance que ne peut l'appréhender commodément l'esprit, Zappy Bibicy faisait de nouveau les têtes. Il avait réparé son vaisseau — c'est-à-dire qu'il avait observé avec un vif intérêt le robot de service qui l'avait réparé pour lui. C'était à présent, de nouveau, l'un des plus puissants et des plus extraordinaires vaisseaux existants. Il pouvait se rendre où il voulait, faire ce qu'il voulait. Il feuilleta vaguement un livre, le rejeta. C'en était un qu'il avait déjà lu. Il se dirigea vers la console de communications et lança un appel sur tous les canaux d'urgence.

« Y a quelqu'un pour boire un coup ?

— C'est une urgence, mon pote ? » caqueta une voix depuis l'autre bout de la Galaxie.

« Quelqu'un aurait pas un mixer ?

— Va te faire mettre par une comète !

— Bon, bon, ça va. » Et Zappy coupa l'émetteur. Il soupira et s'assit. Il se releva et s'approcha d'un terminal d'ordinateur. Il pressa quelques boutons. De petites taches jaillirent sur l'écran et commencèrent à se bouffer mutuellement.

« Pan ! » lança Zappy. « Et piouuuuu ! Et tacatac !

— Salut ! » lança joyeusement l'ordinateur après une minute de ce manège. « Vous avez marqué trois points. Meilleur score précédent : sept millions cinq cent quatre-vingt-dix-sept mille, deux cent...

— Bon, bon, ça va », dit Zappy en éteignant de nouveau l'écran. Il se rassit. Joua avec son crayon. Lui aussi commençait à perdre lentement sa fascination.

« Bon, bon, ça va », répéta-t-il et il introduisit dans la machine sa marque et celle du record précédent.

Son vaisseau estompa l'Univers.

Chapitre 29.

« Dites-nous... », dit le maigre et pâle fanatique de Kriquète qui s'était détaché des rangs de ses pairs et se tenait, indécis, dans le cercle de lumière, tenant son arme comme si on la lui avait confiée une minute, le temps de faire une course urgente. « ... est-ce que vous sauriez quelque chose sur un truc appelé l'Equilibre naturel ? »

Pas de réponse de la part de leurs captifs, du moins, rien de plus distinct que quelques grognements et marmonnements confus. La lumière des torches continuait de jouer sur eux. Au-dessus, très haut dans le ciel, une sombre activité se poursuivait dans les Zones robots.

« C'est simplement, poursuivit le fana de Kriquète,

mal à l'aise, un truc dont on a entendu parler, sans doute rien d'important. Bon, eh bien, je suppose qu'on ferait aussi bien de vous liquider, à présent. »

Il baissa les yeux sur son arme comme s'il essayait de trouver sur quel bout appuyer. « C'est-à-dire, reprit-il en levant la tête, à moins que vous n'ayez un sujet qui vous tienne particulièrement à cœur ? »

Lentement, pesamment, l'étonnement s'immisça dans le corps de Saloprilopette, Arthur et Ford. Bientôt, il gagnait leur cerveau qui était pour l'heure essentiellement occupé à manœuvrer de haut en bas leur mandibule. Trillian hocha la tête comme si elle essayait de finir un puzzle en secouant la boîte.

« Voyez-vous, dit un autre homme dans la foule, nous sommes inquiets au sujet de ce plan de destruction universelle...

— Oui, ajouta un autre, sans oublier cette histoire d'équilibre naturel. Il nous avait simplement semblé que si tout le reste de l'Univers devait être détruit, cela risquait plus ou moins d'affecter l'équilibre naturel. On s'y connaît pas mal en écologie, mine de rien, vous savez. » Sa voix se traîna, désolée.

« Et aussi en sport », lança un autre, à tue-tête. Ce qui déclencha une tempête d'approbations.

« Oui, opina le premier, et aussi en sport... » Il se retourna, mal à l'aise, vers ses compagnons et se gratta la joue d'un geste saccadé. Il semblait en proie à quelque profond doute intérieur, comme si tout ce qu'il voulait dire et tout ce qu'il pouvait penser étaient deux choses entièrement différentes entre lesquelles il était incapable de discerner le moindre rapport.

« Vous voyez, marmonna-t-il, certains d'entre nous... » et, du regard, il quêta de nouveau un soutien. Les autres émirent des bruits encourageants. « Certains d'entre nous, poursuivit-il, s'y entendent à merveille pour entretenir des relations sportives avec le reste de la Galaxie et bien que je n'ignore pas le débat sur l'indépendance du sport et de la politique, je pense que si nous voulons maintenir des relations sportives avec le restant de la Galaxie, ce qui est notre vœu le plus cher, alors c'est sans doute une erreur que de vouloir la détruire. Tout comme le reste de l'Univers... (sa voix s'était faite de nouveau traînante)... ce qui est, semble-t-il, l'idée dominante à présent...

— Qu..., commença Saloprilopette, qu...

— Hein... ? dit Arthur.

— Est-ce... ? fit Ford Escort.

— Bon, dit Trillian. Eh bien, parlons-en. » Elle avança et prit par le bras le pauvre fana de Kriquète désemparé. Il faisait dans les vingt-cinq ans, ce qui signifiait, à cause des bouleversements temporels qui s'étaient déroulés dans le secteur, qu'il devait avoir tout juste vingt ans à la fin des Guerres de Kriquète, quelque dix milliards d'années plus tôt.

Trillian lui fit faire quelques pas sous le faisceau des torches avant de reprendre la parole. Il tituba derrière elle, indécis. Le cercle des torches s'était légèrement rabaissé à présent, comme si elles abdiquaient devant cette drôle de fille calme qui semblait la seule dans cet Univers de sombre confusion à savoir encore ce qu'elle faisait.

Elle se tourna et lui fit face et lentement tendit les deux bras. Il était l'image même de la détresse et de la perplexité.

« Racontez-moi », lui dit-elle.

Il resta quelques instants sans rien dire, tandis que son regard allait de l'un à l'autre de ses yeux.

« Nous... nous avons besoin d'être seuls, je suppose. » Il fit la grimace puis laissa retomber la tête, en la hochant comme quelqu'un qui essaierait d'extraire une pièce d'une tirelire. Il leva de nouveau les yeux. « Nous avons cette bombe à supernova, vous comprenez. Ce n'en est qu'une toute, toute petite...

— Je sais. »

Il la considéra les yeux ronds, comme si elle avait

énoncé quelque affirmation très étrange sur la culture des betteraves.

Il insista : « Franchement, elle est vraiment toute petite.

— Je sais, répéta Trillian.

— Mais ils disent (la voix traînait de plus belle), ils disent qu'elle peut détruire tout ce qui existe. Et il faudra bien qu'on y passe, vous comprenez, je pense. Mais est-ce qu'on se retrouvera seuls pour autant ? Je l'ignore. Il semble que ce soit notre fonction, pourtant », et sur ces mots, il laissa de nouveau lourdement retomber sa tête.

« Quoi que cela puisse signifier », dit une voix caverneuse dans la foule.

Trillian passa lentement le bras autour du pauvre jeune fana de Kriquète affolé et cala sa tête tremblante dans le creux de son épaule.

« Tout va bien », dit-elle d'une voix calme mais assez fort pour être entendue de toute la foule dans l'ombre, « vous n'avez pas besoin de faire une chose pareille ».

Elle le berça.

« Vous n'avez pas besoin de faire ça », répéta-t-elle. Elle le lâcha et recula.

« Je veux que vous fassiez quelque chose pour moi » et elle partit d'un rire subit. « Je veux... » (nouveau rire). Elle se mit la main sur la bouche puis reprit, le visage sérieux : « Je veux que vous me conduisiez à votre chef », et elle pointa le doigt vers les Zones de guerre dans le ciel. Elle semblait pour quelque raison savoir que leur chef serait effectivement là-haut.

Son rire parut décharger quelque chose dans l'atmosphère. De quelque part dans la foule, une voix s'éleva et fredonna une chanson qui, s'il avait pu l'écrire, aurait permis à Paul McCartney de se payer le monde entier.

Chapitre 30.

Zappy Bibicy rampait courageusement dans un tunnel, comme le sacré bonhomme qu'il était. Il était fort perplexe mais n'en continuait pas moins obstinément de ramper, puisqu'il était si brave.

Il était perplexe à cause de ce qu'il venait de voir mais pas à moitié autant qu'il allait l'être avec ce qu'il s'apprêtait à entendre, aussi serait-il ici judicieux, arrivés à ce point du récit, d'expliquer exactement où il se trouvait.

Il se trouvait dans les Zones de guerre des Robots, à quantité de kilomètres au-dessus de la surface de la planète Kriquète.

L'atmosphère était raréfiée et relativement mal protégée des rayons ou d'autres engeances que l'espace pourrait s'amuser à déverser dans sa direction.

Il avait garé son astronef, le *Cœur-en-Or,* au milieu des grosses masses sombres qui encombraient le ciel de Kriquète et venait de pénétrer dans ce qui semblait le plus vaste et le plus important de ces bâtiments volants, simplement armé de son Décap'Net et de cachets pour ses migraines.

Il s'était retrouvé dans un long et large couloir fort mal éclairé dans lequel il avait pu se dissimuler le temps de savoir ce qu'il allait faire ensuite. Il se dissimulait parce que de temps à autre un des robots de Kriquète le parcourait et, bien qu'il n'eût pas mené une existence trop désagréable entre leurs mains, elle n'en avait pas moins été extrêmement pénible et il n'avait pas le moindre désir de trop tirer sur ce qu'il avait légèrement tendance à considérer jusque-là comme sa bonne fortune.

Il avait plongé, à un moment, dans une pièce qui

donnait sur le corridor pour découvrir qu'il s'agissait d'une chambre vaste et — là encore — chichement éclairée.

En fait, c'était un musée avec un unique objet en exposition : l'épave d'un astronef. Il était terriblement brûlé et déchiré et maintenant que Zappy avait rattrapé une partie du retard en histoire galactique qu'il avait accumulé à chercher en vain à sauter sa voisine de cyberpupitre à l'école, il était à présent capable de faire l'intelligente supposition qu'il s'agissait de l'épave du vaisseau qui avait, il y a tant de milliards d'années, dérivé à travers le Nuage de poussière et déclenché toute cette histoire.

Mais, et c'était bien de là qu'était née sa perplexité, il y avait quelque chose qui ne tournait pas rond là-dedans. L'astronef était authentiquement à l'état d'épave. Il avait authentiquement brûlé mais une inspection même superficielle par un œil exercé révélait que ce n'était pas un authentique astronef. C'en était une maquette en vraie grandeur, un plan en relief. En d'autres termes, c'était un objet fort utile à avoir sous la main si vous décidiez soudain de vous construire vous-même un astronef sans savoir par quel bout commencer. Mais ce n'était pas toutefois un objet susceptible de voler de lui-même.

Zappy s'interrogeait encore sur ce point — à vrai dire, il commençait tout juste de s'interroger dessus — lorsqu'il prit conscience qu'une porte venait de s'ouvrir en coulissant dans un autre point de la pièce et qu'un autre couple de robots kriquètes venaient d'y pénétrer, l'air passablement morne.

Zappy n'avait aucune envie de se frotter à eux et décidant que, tout comme la discrétion était le commencement de la bravoure, la couardise était le commencement de la discrétion, il alla vaillamment se cacher dans un placard.

Le placard se révéla en fait dissimuler un puits qui conduisait — par une trappe de visite — dans une vaste gaine de ventilation. Il se baissa, glissa en bas du puits et entreprit de ramper dans la gaine — et c'est là que nous l'avons trouvé.

Il n'aimait pas l'endroit. Il était froid, sombre et profondément inconfortable et il lui faisait peur. A la première occasion — qui se présenta sous les apparences d'un autre puits cent mètres plus loin — il se hissa hors de la gaine.

Cette fois, il déboucha dans une pièce plus petite et qui ressemblait à une salle d'ordinateurs. Il émergea dans l'espace étroit et obscur qui s'ouvrait entre l'arrière d'une vaste console et le mur.

Il découvrit bien vite qu'il n'était pas seul dans la pièce et s'apprêtait à s'éclipser lorsqu'il se mit à écouter avec intérêt ce que racontaient les autres occupants.

« C'est les robots, monsieur, disait une voix. Il y a quelque chose qui cloche avec eux.

— Quoi, au juste ? »

C'étaient les voix des deux chefs de Guerre de Kriquète. Tous les chefs de Guerre vivaient dans le ciel, au sein des Zones de guerre robots, où ils étaient largement à l'abri des incertitudes et des doutes fantasques qui affligeaient leurs pairs restés à la surface de la planète.

« Eh bien, monsieur, je pense qu'autant vaudrait les éliminer de l'effort de guerre et déclencher tout de suite la détonation de la bombe à supernova. Dans le très bref laps de temps qui s'est écoulé depuis que nous sommes dégagés de la coque de…

— Venez-en au fait.

— Eh bien, les robots ne s'amusent plus, monsieur.

— Hein ?

— La guerre, monsieur, elle semble leur porter sur le moral. On décèle chez eux une certaine lassitude face au monde — je devrais peut-être même dire face à l'Univers.

— Eh bien, à la bonne heure, ils sont censés aider à sa destruction.

— Oui, enfin, c'est bien là ce qu'ils trouvent difficile, monsieur. Ils souffrent d'une certaine langueur. Ils ont bien du mal à avoir la tête à leur tâche. Ils manquent de *Harrumph*.

— Que voulez-vous dire ?

— Eh bien, je pense que quelque chose les a profondément déprimés, monsieur.

— Par Kriquète, mais de quoi voulez-vous donc parler ?

— Eh bien, lors des quelques escarmouches qu'ils ont eues récemment, il semblerait qu'ils entrent dans la bataille, lèvent leur arme pour tirer et puis brusquement se disent : à quoi bon ? au regard du cosmos, à quoi tout cela rime-t-il ? Bref, ils m'ont tout l'air d'être quelque peu las et déprimés.

— Et alors, que font-ils ?

— Euh... principalement des équations quadratiques, monsieur. Bougrement difficiles, de l'avis général. Et ensuite, ils se morfondent.

— Ils se morfondent ?

— Oui, monsieur.

— Qui a jamais entendu parler d'un robot qui se morfond !

— Je l'ignore, monsieur.

— Quel était ce bruit ? »

Le bruit, c'était celui de Zappy qui repartait, la tête bourdonnante.

Chapitre 31.

Au fond d'un puits sombre et profond, était assis un robot estropié. Il était resté silencieux dans ses ténèbres métalliques depuis un certain temps déjà. Il y faisait froid et humide mais, étant un robot, il n'était pas censé être capable de relever de tels détails. Avec un énorme effort de volonté, toutefois, il parvint à les relever.

Son cerveau avait été raccordé à l'unité centrale de calcul de l'Ordinateur de guerre de Kriquète. Il n'appréciait pas particulièrement l'expérience, pas plus que l'unité centrale de calcul de l'Ordinateur de guerre de Kriquète, d'ailleurs.

Les robots de Kriquète qui avaient sauvé cette pathétique créature de métal du piège des marais de Coinslab-Hul Bêta avaient agi de la sorte parce qu'ils avaient presque immédiatement reconnu sa gigantesque intelligence et l'usage qu'ils pourraient en faire.

Ils n'avaient pas compté avec les désordres psychologiques concomitants que le froid, l'obscurité, l'humidité, le confinement et la solitude des lieux n'avaient rien fait pour atténuer.

Sa tâche ne le rendait pas heureux.

En dehors de toute autre considération, la simple activité de coordination de la stratégie militaire d'une planète entière n'occupait qu'une infime fraction de son formidable intellect et le reste en avait donc bientôt conçu un profond ennui. Ayant rapidement résolu l'ensemble des grands problèmes mathématiques, physiques, chimiques, biologiques, sociologiques, philosophiques, étymologiques, météorologiques et psychologiques de l'Univers, en dehors du sien propre, et ce à trois reprises, il s'était cruellement trouvé à court d'occupation et s'était mis à composer de douloureuses petites ritournelles dissonantes — pour ne pas dire discordantes. La dernière en titre était une berceuse.

Et Marvin ronronna :

Le monde est allé se coucher
Tout repose, rien ne bouge
Mais pour moi, pas d'obscurité
Rapport à mon œil infrarouge.
Oh ! que je déteste la nuit !

Il marqua une brève pause pour rassembler ses forces

artistiques et émotionnelles avant de s'attaquer à un nouveau couplet :

Ainsi couché jusqu'aux aurores
Je compt' les moutons électriques
Jamais ne rêve l'androïde
Car dès qu'il entre en transe y' s tord.
Oh ! que je déteste la nuit !
« Marvin ! » siffla une voix.

Sa tête se leva brusquement, manquant débrancher le complexe lacis d'électrodes qui la connectait à l'unité centrale de calcul de l'Ordinateur de guerre de Kriquète.

Une trappe de visite venait de s'ouvrir et une paire de têtes indisciplinées apparut ; la première reluquant à l'intérieur, tandis que l'autre ne cessait de s'agiter en regardant d'un côté et de l'autre, en proie à la plus extrême nervosité.

« Oh ! c'est vous, grommela le robot. J'aurais dû m'en douter.

— Eh ! vieux, lança Zappy, étonné, qu'est-ce que tu nous chantais là ?

— Je me sens, reconnut amèrement Marvin, dans une forme particulièrement scintillante en ce moment. »

Zappy passa la tête dans la trappe et regarda à l'intérieur.

« Vous êtes seul ?

— Oui, dit Marvin. Seul, et bien las. Avec douleur et misère pour seuls compagnons. Et vaste intelligence, bien sûr. Et tristesse infinie. Et...

— Ouais, bon, l'interrompit Zappy. Eh, mais qu'est-ce qui vous retient ici ?

— Ça », dit Marvin, indiquant de son bras le moins endommagé toutes les électrodes qui le connectaient à l'ordinateur kriquète.

« Eh bien, dit Zappy embarrassé, je suppose que je vous dois la vie. A deux reprises.

— Trois », rectifia Marvin.

Zappy tourna la tête (l'autre regardait, fixement, entièrement dans la mauvaise direction) à temps pour voir le meurtrier robot tueur juste derrière lui se figer et commencer à fumer. Il tituba en arrière et s'affala contre un mur. Glissa vers le sol, bascula de côté, rejeta la tête en arrière et se mit à sangloter, inconsolable.

Zappy se retourna vers Marvin.

« Vous devez avoir une façon de voir la vie passablement terrifiante.

— M'en parlez pas.

— Oh ! non », dit Zappy et il s'en garda bien. Puis il ajouta : « Eh ! dites, mais vous faites un boulot fantastique.

— Ce qui, je suppose, signifie (dit Marvin, pour qui cette déduction logique ne mobilisa que le dix millième de millionième de milliardième de trilliardième de trouillardième de ses facultés intellectuelles) que vous n'escomptez pas me libérer en quoi que ce soit de cet ordre ?

— Ecoutez, mon vieux, ce n'est pas l'envie qui me manque.

— Mais vous n'allez rien en faire.

— Non.

— Je vois.

— Vous faites vraiment du bon boulot.

— Oui, fit Marvin. Pourquoi l'arrêter quand je commence juste à ne plus m'y faire.

— Bon, il faut que j'aille retrouver Trillian et les autres. Eh... vous n'auriez pas une idée de l'endroit où ils se trouvent ? Je veux dire, j'ai toute une planète pour faire mon choix, ça risque de prendre un bail.

— Ils sont tout près, dit Marvin, lugubre. Vous pouvez les surveiller d'ici, si ça vous chante.

— Je ferais mieux d'aller les retrouver, protesta Zappy. Euh... peut-être qu'ils ont besoin d'aide, non ?

— Peut-être », dit Marvin, avec dans son ton lugubre une nuance d'autorité inattendue, « peut-être vaudrait-il mieux pour vous les surveiller d'ici ». Puis il ajouta, fort inopinément : « Je dois dire que cette jeune fille se révèle l'une des moins inintelligentes des créatures organiques qu'il m'ait été malheureusement donné d'avoir le profond manque de plaisir de ne pouvoir éviter de rencontrer. »

Il fallut à Zappy un petit moment pour se dépêtrer de ce dédale de négations et en émerger à l'autre bout avec surprise.

« Trillian ? Mais c'est rien qu'une gamine. Futée, ouais, ça d'accord, mais capricieuse. Vous savez comment sont les femmes. Ou peut-être que non. Je suppose que non. Et si vous le savez, je ne veux pas en entendre parler. Allez, connectez-vous. »

« ... totalement manipulés. »

« Quoi ? » dit Zappy.

C'était Trillian. Il se retourna.

La paroi contre laquelle sanglotait toujours le robot kriquète s'était illuminée pour révéler une scène qui se déroulait dans quelque coin inconnu des Zones de guerre robots de Kriquète. On eût dit quelque espèce de salle de conseil — Zappy ne voyait pas très bien, à cause du robot affalé devant l'écran.

Il essaya bien de le déplacer mais il était lourd de tristesse et comme en plus il voulut le mordre, il regarda derrière lui, tant bien que mal.

« Réfléchissez donc un tantinet, disait la voix de Trillian, toute votre histoire n'est qu'une suite d'événements tous plus anormalement improbables. Et je sais reconnaître un événement improbable quand j'en vois un. Pour commencer, votre isolement total du reste de la Galaxie était déjà une anomalie. Ainsi situés à sa lisière extrême, et pour couronner le tout, entourés d'un nuage de poussière... C'est un coup monté. Manifestement. »

Son incapacité à discerner l'écran rendait Zappy dingue de frustration. La tête du robot lui bloquait la vue des gens auxquels s'adressait Trillian, sa batte multifonctions lui cachait l'arrière-plan et le coude du bras que le robot tenait tragiquement pressé contre son front lui dissimulait Trillian elle-même.

« Ensuite, poursuivait cette dernière, cet astronef qui est venu s'écraser sur votre planète. Vous trouvez ça vraisemblable, vous ? Avez-vous la moindre idée de la probabilité qu'un astronef à la dérive coupe l'orbite d'une planète ? »

« Eh ! dit Zappy, elle ne sait zarquonnement pas de quoi elle cause. J'ai vu ce vaisseau. C'est du toc. Pas à chier.

— J'avais effectivement envisagé cette idée, observa Marvin de sa prison derrière Zappy.

— Ah ! ouais, c'est facile pour vous de dire ça, maintenant. Je viens de vous le dire. De toute façon, je ne vois pas le rapport. »

« Et surtout, poursuivait Trillian, la probabilité de couper l'orbite de la seule planète de la Galaxie — ou de tout l'Univers pour autant que je sache — qui pût se montrer totalement traumatisée par une telle apparition. Vous ne savez pas quelle est cette probabilité ? Moi non plus, elle est trop infime. Encore une fois, il ne peut s'agir que d'un coup monté. Je ne serais pas surprise si ce vaisseau n'était en fait qu'un faux. »

Zappy s'arrangea pour déplacer la batte du robot. Derrière, l'écran révéla les silhouettes de Ford, Arthur et Saloprilopette qui semblaient fort étonnés et sidérés par toute cette histoire.

« Eh ! visez ça ! fit Zappy, tout excité. Les p'tits gars se débrouillent ma foi pas mal du tout ! Ta ta ta ! Allez, les petits ! »

« Et que dire, continuait toujours Trillian, de cette histoire de technologie que vous auriez su brusquement acquérir, presque du jour au lendemain ? Quand pour la plupart des gens, ça aurait exigé des milliers d'années. Il y a bien eu quelqu'un pour vous apprendre ce que vous aviez besoin de savoir, pour vous mettre le nez dessus.

« Je sais, je sais, ajouta-t-elle en réponse à quelque invisible interruption. Je sais bien que vous ne vous rendiez pas compte de ce qu'il se passait. C'est justement ce que je veux vous faire sentir : vous ne vous êtes jamais rendu compte de rien. C'est comme avec cette bombe à supernova.

— Comment êtes-vous au courant de ça ? dit une voix invisible.

— Je le sais, c'est tout. Vous voudriez que je vous croie assez futés pour réaliser une invention aussi brillante et trop stupides pour vous rendre compte que vous y passeriez en même temps que tout le reste ? Ce n'est pas simplement stupide, c'est spectaculairement crétin. »

« Eh ! qu'est-ce que c'est que cette histoire de bombe ? demanda Zappy, affolé.

— La bombe à supernova ? dit Marvin. C'est une toute, toute petite bombe.

— Ah ! ouais ?

— Qui pourrait détruire l'Univers de fond en comble, ajouta Marvin. Pas une mauvaise idée, si vous voulez mon humble avis. Ils n'arriveront pas à la faire fonctionner, toutefois.

— Pourquoi pas, si c'est une invention si brillante ?

— Ça, elle l'est, expliqua Marvin. Mais pas eux. Ils étaient déjà allés jusqu'à la dessiner quand ils se sont retrouvés bouclés dans le cocon. Ils ont passé les cinq dernières années à la fabriquer. Ils pensent qu'ils l'ont réalisée correctement mais ce n'est pas le cas. Ils sont aussi stupides que n'importe quelle autre forme de vie organique. Je les déteste. »

Trillian continuait.

Zappy essaya d'écarter le robot kriquète en le tirant par la jambe mais il se débattit et gronda avant d'être pris d'une nouvelle crise de sanglots. Puis il s'affaissa brusquement et continua d'exprimer ses sentiments, étalé par terre, hors de la vue de tout le monde.

Trillian se tenait seule, debout, au milieu de la pièce, l'air épuisé mais le regard brûlant de colère.

Alignés devant elle se trouvaient, pâles et ridés, les Anciens Maîtres de Kriquète, immobiles derrière l'ample courbe de leur pupitre de commande, la fixant de leurs yeux remplis de haine et de terreur impuissante. Devant eux, à mi-distance du pupitre et du centre de la pièce où se tenait Trillian, comme une accusée, il y avait une mince colonnette blanche d'environ un mètre vingt de hauteur. A son sommet était posé un petit globe blanc de peut-être huit ou dix centimètres de diamètre.

A côté, se tenait un robot kriquète avec sa batte de combat multifonctions.

« En fait, expliquait Trillian, vous êtes d'une stupidité si crasse (elle transpirait. Zappy jugeait la chose peu élégante de sa part en de telles circonstances), vous êtes d'une stupidité si crasse que je doute, je doute même franchement, que vous ayez été capable de construire convenablement la bombe au cours de ces cinq ans sans aucune aide de Hactar. »

« Qui c'est que ce lascar, Hactar ? » demanda Zappy en bombant le torse.

Si Marvin répondit, Zappy ne l'entendit pas. Toute son attention était concentrée sur l'écran.

L'Ancien de Kriquète fit un petit geste de la main à l'adresse du robot. Le robot éleva sa batte.

« Je ne peux rien faire, dit Marvin. C'est sur un circuit indépendant des autres. »

« Attendez », s'écria Trillian.

L'Ancien fit un petit geste. Le robot s'immobilisa. Trillian eut soudain l'air d'avoir des doutes sur son propre jugement.

« Comment êtes-vous au courant de tout ça ? » s'étonna Zappy.

— Mémoires d'ordinateur, fit Marvin, laconique. J'y ai accès. »

Trillian s'adressait toujours aux Anciens Maîtres de

Kriquète : « Vous êtes très différents, n'est-ce pas, de vos compatriotes restés au sol. Vous avez passé toute votre existence ici, hors de la protection de l'atmosphère de la planète. Vous êtes très vulnérables. Le reste des vôtres est très effrayé, vous savez, ils ne veulent pas que vous fassiez une telle chose. Vous avez perdu le contact, pourquoi ne pas faire un peu le point ? »

L'Ancien de Kriquète s'impatienta. Il adressa au robot un geste qui était précisément l'opposé de celui qu'il lui avait précédemment adressé.

Le robot balança sa batte. Elle vint frapper le petit globe blanc.

Le petit globe blanc était la petite bombe à supernova.

C'était une toute, toute petite bombe, destinée à mettre un terme à l'existence de l'Univers entier.

La bombe à supernova vola dans les airs. Elle frappa le mur du fond de la salle du Conseil (qu'elle entailla très méchamment).

« Alors, comment fait-elle pour être au courant de tout ça ? » dit Zappy.

Marvin garda un silence maussade.

« Sans doute qu'elle bluffe, poursuivit Zappy. Pauvre gosse. J'aurais jamais dû la laisser toute seule. »

Chapitre 32.

« Hactar ! lança Trillian. Que mijotez-vous ? »

Nulle réponse ne jaillit des ténèbres épaisses. Trillian attendit, nerveuse. Elle était certaine de ne pas s'être trompée. Elle scruta la pénombre d'où elle avait espéré voir sortir quelque réponse. Mais il n'y avait que le froid silence.

Elle appela de nouveau : « Hactar ? J'aimerais vous présenter mon ami Arthur Accroc. Alors que je voulais partir avec un Dieu du Tonnerre, il m'en a empêchée et c'est une chose que j'apprécie. Il m'a permis de comprendre où allaient réellement mes penchants. Par malheur, Zappy est trop terrorisé par toute cette affaire, alors j'ai dû amener Arthur à la place... Je ne sais pas bien pourquoi je vous raconte tout cela.

« Eh, Oh ? Hactar ? »

Et enfin il vint.

C'était une voix faible, ténue, comme apportée par un vent lointain, à peine entendue, le souvenir ou le rêve d'une voix.

« Montrez-vous donc tous les deux, dit la voix. Je vous promets que vous n'avez rien à craindre. »

Ils s'entre-regardèrent puis s'avancèrent, hésitants, dans le faisceau de lumière qui se déversait de l'écoutille ouverte du *Cœur-en-Or* et perçait la pénombre granuleuse du Nuage de poussière.

Arthur voulut lui prendre la main pour la retenir et la rassurer mais elle ne se laissa pas faire. Il se rabattit alors sur son sac de voyage, son fourre-tout avec le bidon d'huile d'olive grecque, la serviette-éponge, les cartes postales cornées de Santorin et le reste de son fourbi. Pour le retenir et le rassurer.

Ils se tenaient sur, et dans, le néant. Un néant épais et poussiéreux. Chaque grain de poussière de l'ordinateur pulvérisé étincelait faiblement, tournoyant et tourbillonnant avec lenteur en accrochant les rayons du soleil dans les ténèbres. Chaque particule de l'ordinateur, chaque grain de poussière contenait et retenait, faible et atténuée, la structure entière de l'ensemble. En réduisant en poussière l'ordinateur, les Salelongs Désarmenragés de La Défonce l'avaient tout au plus estropié ; ils ne l'avaient pas tué. Un faible champ insubstantiel maintenait une légère interaction entre les particules.

Arthur et Trillian se tenaient — ou plutôt flottaient

— au milieu de cette bizarre entité. Ils n'avaient rien à respirer mais pour l'heure, ça ne semblait guère les affecter. Hactar tenait sa promesse : ils étaient saufs. Pour le moment.

« Je n'ai rien pour vous offrir l'hospitalité, dit Hactar d'une voix éteinte, sinon des jeux de lumière et des illusions d'optique. Il est toutefois possible de se sentir à l'aise avec des illusions d'optique si l'on n'a rien d'autre sous la main. »

Sa voix s'évanouit et dans les ténèbres poussiéreuses se condensa la forme spectrale d'un profond divan de velours cachemire.

Arthur avait du mal à se faire à l'idée que c'était là le même divan qui lui était apparu au beau milieu des prairies de la Terre préhistorique. Il avait envie de crier et de trépigner de rage à voir l'Univers ainsi persister à lui jouer des tours totalement délirants.

Il laissa son excitation retomber puis s'assit sur le divan — prudemment. Trillian s'assit aussi.

Il était bien réel.

Du moins, s'il n'était pas réel, il les soutenait assurément et puisque c'est là ce que tous les sofas sont censés faire, ceci, pour autant qu'ils sussent, était sans conteste un solide sofa [1].

La voix que portait le vent solaire leur souffla de nouveau : « J'espère que vous êtes à l'aise. »

Ils opinèrent.

« Et j'aimerais vous féliciter pour la justesse de vos déductions. »

Arthur s'empressa de souligner que pour sa part, il n'avait pas déduit grand-chose, que c'était surtout Trillian. Elle lui avait simplement demandé son avis parce qu'il s'intéressait à la Vie, à l'Univers et au reste.

« C'est également une chose qui m'intéresse, souffla Hactar.

---

1. Le lecteur qui n'a vraiment rien d'autre à faire pourra toujours s'amuser à prononcer très vite cette phrase à haute voix. (N.d.T.)

— Eh bien, dit Arthur, il faudrait qu'on en discute un de ces jours. Autour d'une tasse de thé. »

Et là, lentement, se matérialisa devant eux une petite table en bois sur laquelle étaient posés une théière en argent, un pot à lait en porcelaine tendre, un sucrier en porcelaine tendre et deux tasses avec leur soucoupe, en porcelaine tendre également.

Arthur se pencha mais ce n'était qu'une illusion d'optique. Il se radossa dans le divan qui était une illusion que son corps semblait admettre volontiers.

« Pourquoi, demanda Trillian, avez-vous le sentiment qu'il vous faut détruire l'Univers ? »

Elle éprouvait quelque difficulté à parler dans le vide avec rien sur quoi fixer son regard. Hactar nota manifestement sa gêne. Il émit un ricanement spectral.

« Bon, si on part sur ce genre de registre, autant installer le décor en conséquence. »

Et voilà que se matérialisa sous leurs yeux quelque chose de nouveau. C'était l'image pâle et brumeuse d'un divan — mais un divan de psychiatre. Le cuir dont il était recouvert était brillant et somptueux mais là encore, il ne s'agissait que de jeux de lumière.

Autour d'eux, et pour compléter le tableau, ils purent discerner l'illusion de murs recouverts de boiseries. Et enfin, sur le divan, apparut l'image d'Hactar lui-même, et c'était une image à vous retourner l'œil.

Le divan paraissait d'une taille normale pour un divan de psychiatre — dans les cent soixante, cent quatre-vingts de long.

L'ordinateur paraissait d'une taille normale pour un noir ordinateur satellisé né dans l'espace — dans les quinze cents kilomètres de large.

C'était l'illusion que celui-ci était posé sur celui-là qui vous faisait retourner l'œil.

« Parfait », dit Trillian d'une voix ferme. Elle se leva du sofa. Elle sentait qu'on insistait un peu trop pour la mettre à l'aise, qu'on lui faisait gober un peu trop d'illusions.

« Très bien. Mais pouvez-vous également construire des choses réelles ? Je veux dire des objets solides ? »

Il y eut une nouvelle pause avant que vienne la réponse, comme si le cerveau pulvérisé d'Hactar devait d'abord rassembler ses esprits éparpillés sur des millions et des millions de kilomètres.

« Ah ! soupira-t-il, vous songez à l'astronef. »

Il semblait que les pensées leur passaient au travers en dérivant, telles des vagues dans l'éther.

« Oui, reconnut-il, je peux le faire.

« Mais ça exige énormément d'efforts et ça prend un temps considérable. Tout ce dont je suis capable dans mon présent état... particulaire, voyez-vous, c'est d'encourager et de suggérer. Encourager et suggérer. Et suggérer... »

L'image d'Hactar sur le divan parut onduler et se troubler, comme s'il avait du mal à maintenir sa cohésion.

Il se ressaisit.

« Je peux encourager et suggérer, reprit-il, suggérer à de minuscules fragments de débris spatiaux — telle ou telle minuscule météorite, quelques molécules par-ci, quelques atomes d'hydrogène par-là — de se mouvoir ensemble. Je peux les encourager à se rassembler. Les inciter à prendre forme. Mais ça va prendre un temps infini.

— Enfin, redemanda Trillian, est-ce que vous avez fait oui ou non le modèle de l'épave d'astronef ?

— Euh... oui, murmura Hactar. J'ai fabriqué... deux trois choses. Je peux les déplacer. J'ai fait l'astronef, oui. C'est ce qui me semblait encore le mieux à faire. »

Quelque chose poussa Arthur à récupérer son fourre-tout qu'il avait laissé sur le divan et à le serrer contre lui.

Les brumes de l'antique esprit fragmenté d'Hactar s'enroulèrent autour d'eux comme si quelques mauvais rêves les parcouraient.

« Je me repentais, voyez-vous, murmura-t-il d'un ton

plaintif. Je me repentais d'avoir saboté mes propres plans pour les Salelongs Désarmenragés. Ce n'était pas mon rôle de prendre une telle décision. J'avais été créé pour remplir une fonction et j'avais échoué dans son accomplissement. C'était la négation de ma propre existence. »

Hactar soupira et ils attendirent en silence qu'il poursuive son récit.

« Vous aviez raison, dit-il enfin. J'ai sciemment éduqué les habitants de Kriquète jusqu'à ce qu'ils parviennent au même état d'esprit que les Salelongs Désarmenragés et exigent de moi les plans de la bombe que je n'avais pas su mener à bien la première fois. Puis je me suis enroulé autour de la planète pour l'enfermer dans un cocon protecteur. Sous l'influence d'événements que j'étais capable de susciter et par l'intermédiaire des influences que je savais générer, ils apprirent à haïr comme des fous. J'avais été obligé de les faire vivre dans le ciel. Au niveau du sol mon influence était trop faible.

« Sans moi, bien sûr, et une fois qu'ils furent bouclés dans leur cocon de Temps ralenti, leurs réactions devinrent très confuses et ils se retrouvèrent incapables de se débrouiller.

« Ah, enfin... enfin, ajouta-t-il avec résignation, j'ai simplement essayé de remplir ma fonction. »

Et très graduellement, très, très lentement, les images dans le nuage commencèrent à pâlir, à s'estomper doucement.

Et puis, soudain, elles cessèrent de s'estomper.

« Et puis aussi, il y avait cette histoire de vengeance, bien sûr », dit Hactar avec dans la voix une vigueur inaccoutumée. « Rappelez-vous qu'on m'avait pulvérisé et laissé ainsi estropié, dans un état de quasi-impuissance, des milliards d'années durant. Franchement, je pourrais très bien liquider l'Univers. Pour l'effet que ça me ferait, croyez-moi. »

Nouvelle pause, tandis que des courants parcouraient la poussière.

« Mais en premier lieu, reprit-il sur le ton plaintif du début, j'ai essayé de remplir ma fonction. Enfin...

— Est-ce que ça vous embête d'avoir échoué ? demanda Trillian.

— Ai-je échoué ? » murmura Hactar. L'image de l'ordinateur sur le divan du psychiatre se remit lentement à s'estomper.

« Enfin... enfin, psalmodia de nouveau la voix, non, peu m'importe l'échec, à présent.

— Vous savez ce que nous devons faire ? » dit Trillian, le ton très froid, très professionnel.

« Oui, fit Hactar, vous allez me disperser. Vous allez détruire ma conscience. Faites, je vous en prie. Au bout de toutes ces éternités, je n'attends plus qu'une chose : l'oubli. Si je n'ai pas encore rempli ma fonction, alors il est trop tard à présent. Merci pour tout et bonne nuit. »

Le sofa s'évanouit.

La table à thé s'évanouit.

Le divan et l'ordinateur s'évanouirent.

Les murs étaient partis.

Arthur et Trillian firent à l'envers l'étrange chemin qui devait les ramener à bord du *Cœur-en-Or*.

« Eh bien, dit Arthur, vous m'en direz tant. »

Les flammes dansèrent plus haut devant lui puis s'apaisèrent. Puis il n'y eut plus que quelques flammèches bientôt disparues pour ne laisser enfin qu'un petit tas de cendres, là où quelques minutes auparavant Arthur tenait encore le Pilier de Bois de la Nature et de la Spiritualité.

Il les racla hors du Gamma-Grill du *Cœur-en-Or,* les recueillit dans un sac en papier et regagna la passerelle.

« Je pense que nous devrions les ramener. J'en suis intimement convaincu. »

Il avait déjà eu une discussion avec Saloprilopette à

ce sujet et le vieillard avait fini par s'en aller, très fâché. Il avait regagné son propre vaisseau, le *Bistromath* et s'était violemment disputé avec le garçon de restaurant avant de disparaître dans une notion entièrement subjective de l'espace sait quoi.

La discussion avait jailli parce que l'idée d'Arthur de restituer les Cendres au terrain de cricket de Lord's à l'instant même où on les avait initialement enterrées impliquait un retour dans le temps d'une journée environ et c'était là précisément le genre de manœuvre aussi gratuite qu'irresponsable auquel la Campagne pour le Temps Réel cherchait à mettre un terme.

« Oui, avait dit Arthur, mais allez donc expliquer ça au M.C.C. [1] » et il avait refusé d'en discuter davantage.

« Je pense... », recommença-t-il avant de s'arrêter. S'il avait recommencé, c'était parce que personne ne l'avait écouté la première fois et s'il s'était arrêté c'était parce qu'il était absolument patent qu'on n'allait pas cette fois-ci l'écouter davantage.

Ford, Zappy et Trillian observaient avec attention le viséeran. Hactar était en train de se disperser sous la pression du champ vibratoire que lui insufflait le *Cœur-en-Or*.

« Qu'est-ce qu'il a dit ? demanda Ford.

— Je crois l'avoir entendu dire », fit Trillian d'une voix perplexe : « " Ce qui est fait est fait... j'ai rempli ma fonction. "

— Je pense qu'on devrait les rapporter », dit Arthur en brandissant le sac qui contenait les cendres. « J'en ai l'intime conviction. »

---

1. Ou Marylebone Cricket Club, de Londres, fédération qui, depuis 1788, fixe traditionnellement les règles du jeu de cricket, enfin kôa, faut sortir. (*N.d.T.*)

Chapitre 33.

Le soleil brillait tranquillement sur un spectacle de dévastation totale.

Les volutes de fumée s'élevaient encore de la pelouse carbonisée après le vol des Cendres par les robots de Kriquète. A travers la fumée, on pouvait voir des gens courir frappés de panique, se rentrer dedans, trébucher sur des civières, se faire arrêter.

Un policier essaya d'interpeller Sam Ghônfl l'Indéfiniment Prolongé pour outrage à agent mais il fut bien incapable d'empêcher le grand extraterrestre vert-de-gris de regagner son vaisseau et de redécoller dans un grand déploiement de flammes, ce qui ne fit qu'ajouter encore à la panique et à la pagaille.

Au milieu de tout ceci, et pour la seconde fois en cet après-midi, les silhouettes d'Arthur Accroc et de Ford Escort se matérialisèrent soudain, téléportées depuis le *Cœur-en-Or* qui était en orbite d'attente autour de la planète.

« Je peux tout vous expliquer, criait Arthur. J'ai les Cendres ! Elles sont dans ce sac !

— Je n'ai pas l'impression qu'ils t'écoutent, remarqua Ford.

— Et j'ai aussi aidé à sauver l'Univers », clama-t-il à qui voulait bien l'entendre, en d'autres termes personne.

« Ça aurait dû les figer sur place, dit-il à Ford.

— Eh bien, c'est raté », constata ce dernier.

Arthur accosta un agent qui passait en courant. « Excusez-moi, lui dit-il. Les Cendres. Je les ai. Elles ont été volées par ces robots blancs, tout à l'heure. Je les ai dans ce sac. Elles faisaient partie de la Clé du Guichet verrouillant le Cocon de Temps Ralenti, voyez-vous, et bon, enfin, vous pouvez deviner la suite, le fait est que je les ai, enfin bon, qu'est-ce que je dois en faire ? »

Le policier le lui dit mais Arthur ne put que supposer qu'il parlait par métaphore.

Il continua donc d'errer, inconsolable.

« Mais est-ce que vraiment personne n'est inté-ressé ? » lança-t-il. Un type qui passait en courant lui heurta le coude, le sac en papier lui échappa et son contenu se répandit sur le sol. Arthur contempla les cendres éparses, les lèvres serrées.

Ford le regarda. « Bon, maintenant, on y va ? »

Arthur poussa un gros soupir. Il contempla la planète Terre pour ce qui était, il en était sûr à présent, la dernière fois.

« Bon, d'accord. »

A ce moment, à travers les vapeurs qui se dissipaient, il aperçut l'un des guichets, encore debout malgré toute cette agitation.

« Attends un peu, dit-il à Ford. Quand j'étais petit...

— Tu ne peux pas me raconter ça plus tard ?

— J'avais une passion pour le cricket, tu vois, mais je n'étais pas très bon...

— T'étais même nul, si tu préfères.

— Et j'avais toujours rêvé, c'est assez stupide, je l'admets, qu'un jour je tirerais sur le terrain de Lord's. »

Il regarda autour de lui toute cette cohue paniquée. Personne ne semblait particulièrement passionné.

« o.k., dit Ford avec lassitude. Vas-y. J'irai t'atten-dre par là, ajouta-t-il, le temps de m'ennuyer un coup. »

Et il alla s'asseoir sur un bout de gazon encore fumant.

Arthur se rappela que lors de leur toute première visite cet après-midi, la balle de cricket avait précisé-ment atterri dans son sac et il regarda donc dedans.

Il avait déjà trouvé la balle lorsqu'il lui revint que ce

n'était pas ce sac-là qu'il avait eu à l'époque. Et pourtant, la balle était bel et bien là, parmi ses souvenirs de Grèce.

Il la prit, la frotta contre sa cuisse, cracha dessus, la frotta de nouveau. Il reposa son sac. Il allait faire ça dans les formes.

Il fit passer d'une main à l'autre la petite balle rouge et dure, pour la soupeser.

Avec une merveilleuse sensation d'insouciance et de légèreté, il s'éloigna du guichet d'un pas trottinant. D'une allure modérément rapide, jugea-t-il, et, estima-t-il, en s'éloignant à bonne distance.

Il leva les yeux vers le ciel. Les oiseaux décrivaient des cercles, quelques petits nuages blancs s'enfuyaient au loin. L'air était troublé par le bruit des sirènes de police et d'ambulances et les cris et les hurlements des gens mais il se sentait curieusement heureux et détaché de tout cela. Il s'apprêtait à tirer une balle à Lord's !

Il se tourna et gratta une ou deux fois le sol avec ses charentaises. Il effaça les épaules, lança la balle en l'air et la rattrapa.

Il se mit à courir.

Tout en courant, il s'aperçut que devant le guichet se trouvait un batteur.

Eh bien, tant mieux, songea-t-il, voilà qui devrait ajouter un peu de...

Puis, comme ses pieds le rapprochaient, sa vision se fit plus claire : le batteur qui se tenait prêt devant le guichet n'était pas un de ceux de l'équipe anglaise. Il n'était pas non plus de l'équipe australienne. C'était l'un des robots de l'équipe de Kriquète. C'était un froid, dur et léthal robot-tueur qui n'avait sans doute pas regagné son vaisseau avec les autres.

Un certain nombre de pensées se heurtèrent à cet instant dans l'esprit d'Arthur Accroc mais il semblait incapable de s'arrêter de courir. Le temps paraissait s'écouler terriblement, terriblement lentement mais il semblait toujours tout aussi incapable de s'arrêter de courir.

Progressant comme à travers du sirop, il tourna lentement sa tête perplexe pour regarder sa propre main, cette main qui tenait la petite balle rouge et dure.

Ses pieds martelaient lentement le sol, sans pouvoir s'arrêter, tandis qu'il contemplait toujours cette balle qu'il serrait, impuissant, dans sa main. Elle émettait maintenant une lueur d'un rouge profond et clignotait par intermittence. Et ses pieds continuaient de progresser inexorablement.

Il regarda de nouveau le robot de Kriquète qui se tenait implacablement rigide et décidé devant lui, la batte dressée, prêt à frapper. Son regard brûlait d'une lumière froide, profonde et fascinante et Arthur ne pouvait en détacher les yeux. Il lui semblait à travers eux regarder au fond d'un tunnel. D'un côté comme de l'autre, plus rien ne semblait exister.

Une partie des pensées qui se heurtaient dans son esprit étaient celles-ci :

Il se sentait le dernier des crétins.

Il sentait qu'il aurait dû écouter plus attentivement un certain nombre de choses qu'il avait entendu dire, des phrases qui lui trottaient maintenant dans la tête tout comme ses pieds trottaient sur le gazon pour l'amener irrémédiablement à lancer sa balle vers le robot de Kriquète qui, tout aussi irrémédiablement, allait la frapper.

Il se rappela les paroles d'Hactar, disant : « Ai-je échoué ? Peu m'importe l'échec, à présent. »

Il se rappela l'évocation de ses dernières paroles : « Ce qui est fait. J'ai rempli ma fonction. »

Il se rappela Hactar reconnaissant avoir quand même réussi à réaliser « certaines choses ».

Il se rappela le mouvement soudain dans son fourre-tout, mouvement qui l'avait poussé à le serrer tout contre lui quand ils se trouvaient encore dans le Nuage de poussière.

Il se rappela qu'il avait reculé de quelques jours dans le temps pour revenir au terrain de Lord's.

Il se rappela également qu'il n'était pas un excellent tireur.

Il sentit son bras décrire un arc, assurer fermement sa prise sur la balle dont il savait à présent avec certitude qu'elle était la bombe à supernova qu'Hactar s'était reconstruite et lui avait subrepticement refilée, la bombe qui allait mettre à l'Univers un terme aussi brutal que prématuré.

Il espéra, il pria pour qu'il n'y ait pas d'au-delà. Puis se rendit compte qu'il y avait là une contradiction interne et se contenta d'espérer qu'il n'y eût pas de vie éternelle.

Il s'y serait senti très, très gêné de retrouver tout le monde.

Il espérait, espérait, oh ! ce qu'il espérait que son tir soit aussi nul que dans son souvenir, parce que c'était, semblait-il, le seul obstacle désormais entre l'instant présent et l'oubli universel.

Il sentit ses jambes marteler le sol, il sentit son bras se détendre, il sentit ses pieds entrer en contact avec le sac fourre-tout qu'il avait stupidement laissé au beau milieu de la pelouse devant lui, il se sentit choir lourdement au sol mais, ayant l'esprit terriblement occupé à cet instant précis, il oublia complètement de heurter le sol et donc ne le heurta point.

Tenant toujours fermement la balle dans la main droite, il s'éleva dans les airs avec un petit air de surprise.

Il roula et boula dans le ciel, hors de tout contrôle.

Il virevolta vers le sol pour se jeter frénétiquement à travers les airs, tout en projetant au loin la bombe sans prendre de risque.

Il se rua par l'arrière sur le robot abasourdi. L'androïde avait encore sa batte de combat multi-usages dressée mais s'était soudain trouvé privé de cible.

Dans un soudain accès de vigueur, Arthur arracha la

batte de combat des mains du robot étonné, exécuta un virage sur l'air proprement époustouflant, revint dans une accélération effrénée et d'une manchette démoniaque lui fit sauter sa tête de robot de ses épaules de robot.

« Bon, alors tu viens, maintenant ? » dit Ford.

Epilogue : La Vie, l'Univers et le Reste

Et pour finir, ils voyagèrent encore.

Il y eut bien un moment où Arthur Accroc se fit tirer l'oreille. Il disait que la Propulsion Bistromathique lui avait révélé que l'espace et le temps ne faisaient qu'un, que perception et réalité ne faisaient qu'un, et que plus on voyageait et plus on restait au même point et qu'avec tout ça et l'un dans l'autre, il aimerait autant rester peinard un bout de temps, histoire de faire le point et de s'éclaircir l'esprit qui ne faisait désormais plus qu'un avec l'Univers, alors ça ne devrait pas être trop long, et ensuite il pourrait envisager de se reposer un bon coup, s'entraîner un peu à voler et apprendre la cuisine, ce qu'il avait toujours eu l'intention de faire. Le bidon d'huile d'olive était dorénavant son bien le plus précieux et il disait que la façon pour le moins inattendue avec laquelle il était apparu dans son existence lui avait à nouveau là aussi donné un certain sens de l'unicité des choses lequel lui donnait à comprendre que...

Il bâilla et s'endormit.

Sur le matin, comme ils s'apprêtaient à le déposer sur quelque idyllique et calme planète où nul ne se formaliserait à l'entendre parler ainsi, ils captèrent soudain l'appel d'une balise de détresse et se déroutèrent pour aller y voir.

Un petit astronef de la classe Merida semblait, quoique apparemment intact, danser une drôle de gigue dans le vide de l'espace. Une rapide investigation par l'ordinateur lui révéla que le vaisseau allait bien, que son ordinateur de bord allait bien mais que son pilote était fou.

« A moitié fou, à moitié fou », insista l'homme, tandis qu'ils l'amenaient, divagant, à leur bord.

C'était un journaliste du Nouvel Observatoire Sidéral. Ils lui administrèrent un calmant et envoyèrent Marvin lui tenir compagnie jusqu'à ce qu'il leur promette d'essayer de cesser de délirer. Enfin, il s'expliqua :

« J'étais en train de couvrir un procès sur Algrobouthon. »

Il se releva sur ses maigres coudes décharnés, le regard égaré. Ses cheveux blancs semblaient friser — la crise d'hystérie.

« On se calme, on se calme », dit Ford. Trillian posa sur son épaule une main apaisante. L'homme retomba sur sa couchette et resta à contempler le plafond de l'infirmerie.

« L'affaire, reprit-il, l'affaire est en soi sans importance aujourd'hui... mais il y avait un témoin... un témoin... un homme nommé Prak. Un type bizarre et plutôt pas commode. Il fallut au bout du compte lui administrer une drogue pour lui faire dire la vérité, un sérum de vérité. »

Ses yeux roulaient, faiblement.

« Ils lui en ont donné trop, geignit-il doucement. Beaucoup trop. » Il se mit à pleurer. « Je crois bien que les robots ont dû pousser du coude le médecin.

— Les robots ? coupa Zappy. Quels robots ?

— Des espèces de robots blancs, murmura l'homme, la voix rauque, qui ont fait irruption dans la salle d'audience et volé le sceptre du juge ; le Sceptre de Justice d'Algrobouthon, un hideux machin de plexiglas. Je ne sais pas ce qu'ils voulaient en faire. » Il se remit à pleurer. « Et je crois qu'ils ont un peu poussé le bras du médecin... »

Il dodelina mollement de la tête, triste et désemparé, les yeux révulsés de douleur.

Puis il continua, dans un murmure plaintif : « Et lorsque le procès reprit, ils demandèrent à Prak une chose bien malencontreuse. Ils lui demandèrent (et là, le journaliste marqua une pause et frissonna) de dire la Vérité, toute la Vérité et rien que la Vérité. Seulement... vous ne voyez toujours pas ? »

Il se releva soudain sur les coudes et leur hurla : « Ils lui avaient refilé trop de drogue ! beaucoup trop de drogue ! beaucoup trop ! »

Il s'affala de nouveau, gémissant doucement : « Beaucoup beaucoup beaucoup beaucoup trop... »

Le petit groupe assemblé à son chevet le regarda. Il y avait de la chair de poule sur les dos.

« Que s'est-il passé ? dit enfin Zappy.

— Oh ! pour ça, il leur a dit », fit l'homme, sauvagement, « et, pour autant que je sache, il y est encore. Il a dit d'étranges, de terribles choses... terribles, terribles ! »... Il hurlait.

Ils essayèrent de le calmer mais il se débattit pour se relever.

« Des choses terribles, incompréhensibles. Des choses à rendre un homme fou ! »

Il les fixa de son regard égaré.

« Ou, dans mon cas ; à moitié fou. Je suis journaliste.

— Vous voulez dire, fit posément Arthur, que vous avez l'habitude d'être confronté à la vérité ?

— Non », dit l'homme avec un froncement de sourcils perplexe, « je veux dire que j'ai trouvé une excuse pour partir avant la fin ».

Il s'effondra et tomba dans un coma dont il ne devait sortir qu'une seule fois, et brièvement.

C'est en cette unique occasion qu'ils apprirent les faits suivants :

Quand ce qui se passait fut devenu clair, tout comme

fut devenu clair qu'il était impossible d'arrêter Prak et
que telle était la Vérité dans sa forme Absolue et
Définitive, on fit évacuer la salle.

Non seulement évacuer, mais murer, avec Prak
toujours à l'intérieur. On l'entoura de murs d'acier et
par mesure de sécurité, de barbelés, de barrières
électrifiées, de marécages infestés de crocodiles plus
une garnison de trois armées de bonne taille, afin que
jamais plus personne n'ait l'occasion d'écouter parler
Prak.

« Dommage, dit Arthur, j'aurais bien aimé entendre
ce qu'il avait à dire. Sans aucun doute sait-il quelle est
la Question à la Réponse Ultime. Ça m'a toujours
turlupiné qu'on ne l'ait jamais trouvée...

— Pensez à un chiffre, dit l'ordinateur. N'importe
lequel. »

Arthur dit à l'ordinateur le numéro de téléphone du
service des renseignements voyageurs de la gare de
King Cross, tablant sur le fait qu'il devait bien servir à
quelque chose et que ce pouvait bien être à ça.

L'ordinateur injecta le nombre dans le générateur
d'improbabilité du vaisseau maintenant reconstitué.

Dans la relativité, la matière dit à l'espace comment
se courber et l'espace dit en retour à la matière
comment se déplacer.

Le *Cœur-en-Or* dit à l'espace d'aller se faire nouer et
vint se garer à l'intérieur du périmètre d'accès de la
Cour Suprême d'Algrobouthon.

La salle d'audience était un lieu austère, une vaste
pièce sombre manifestement conçue pour l'exercice de
la Justice plutôt que, mettons, le Plaisir. Bref, ce n'était
pas un endroit pour donner un dîner — du moins un
dîner réussi. Le décor aurait coupé l'appétit des invités.

Les plafonds étaient hauts, voûtés et très sombres.
Des ombres s'y tapissaient avec une sordide détermina-
tion. Les lambris des murs et les boiseries des stalles,
les moulures des lourdes colonnes, tout était gravé dans

le bois le plus sombre et le plus dur des arbres les plus austères des redoutables forêts d'Hampteur. Le noir et massif Podium de Justice qui dominait le centre de la salle était un monstre de gravité. Si jamais rai de soleil était parvenu à se faufiler aussi loin à l'intérieur du complexe judiciaire d'Algrobouthon, il aurait illico rebroussé chemin sans se faire briller.

Arthur et Trillian furent les premiers à y pénétrer tandis que Ford et Zappy faisaient courageusement le guet à l'arrière-garde.

Au premier abord, l'endroit leur parut totalement sombre et abandonné. Leurs pas résonnaient, lugubres, sous les voûtes désertes. Ça leur parut curieux. Toutes les défenses étaient encore en place et parfaitement opérationnelles à l'extérieur de l'édifice, ils l'avaient électroniquement vérifié. Ils avaient cru en déduire que le récit de la Vérité se déroulait donc toujours.

Or il n'y avait rien.

Puis, comme leurs yeux s'habituaient à l'obscurité, ils repérèrent une lueur rouge sombre dans un coin et derrière, une ombre qui bougeait. Ils braquèrent dessus une torche.

Prak était tranquillement installé sur un banc, fumant nonchalamment une cigarette.

« Salut ! » lança-t-il avec un vague signe de main. Sa voix résonna à travers toute la salle. C'était un petit homme aux cheveux ébouriffés. Il était assis, les épaules voûtées, et sa tête et ses genoux ne cessaient pas de gigoter. Il tira une bouffée de sa cigarette.

Ils le contemplèrent.

« Qu'est-ce qui se passe ? dit Trillian.

— Rien », dit l'homme, et il gigota des épaules.

Arthur lui braqua la torche en plein visage. « On pensait que vous étiez censé dire la Vérité, toute la Vérité et rien que la Vérité.

— Oh ! ça ! fit Prak. Ouais. C'est vrai. Mais j'ai terminé. C'est loin d'être toute la montagne que les gens s'imaginent. Quoique… il y ait des passages plutôt marrants… »

Il partit soudain d'un éclat de rire hystérique puis s'arrêta pile au bout de trois secondes pour rester là, assis, gigotant de la tête et des genoux tout en tirant sur sa cigarette avec un drôle de demi-sourire.

Ford et Zappy s'avancèrent hors de l'ombre.

« Racontez-nous ça, dit Ford.

— Oh ! je suis bien incapable de m'en souvenir à présent. J'avais bien songé en noter une partie mais primo je n'ai pas été fichu de trouver un crayon et puis, je me suis dit, à quoi bon ? »

Il y eut un long silence durant lequel ils eurent l'impression d'entendre l'Univers prendre un coup de vieux. Park louchait sur la lampe torche.

« Rien de rien ? dit enfin Arthur. Vous ne vous souvenez vraiment de rien ?

— Non. Sinon que la plupart des bons passages concernaient des grenouilles, je me rappelle au moins ça. »

Et le voilà reparti à hurler de rire et taper du pied par terre.

« Vous ne croiriez pas certains de ces trucs sur les grenouilles (il s'étranglait). Tenez, sortons donc nous trouver une grenouille. Ah ! mes aïeux, si je ne vais pas les voir sous un nouveau jour ! » Il bondit debout et effectua un minuscule petit pas de danse. Puis il s'immobilisa pour tirer une longue bouffée de sa cigarette.

« Trouvons-nous une grenouille que je puisse un peu me ficher d'elle, expliqua-t-il simplement. Au fait, qui êtes-vous, les mecs ?

— C'est exprès pour vous voir qu'on est venus », dit Trillian, évitant délibérément de cacher sa déception. « Je m'appelle Trillian. »

Prak gigota de la tête.

« Moi, c'est Ford Escort, dit Ford Escort en haussant les épaules.

— Et moi », dit Zappy quand il eut estimé le silence redevenu assez profond pour permettre qu'une annonce d'une telle gravité fût lancée d'un ton léger : « Moi, c'est Zappy Bibicy. »

Prak gigota de la tête.

« Et qui c'est ce mec ? » dit Prak en gigotant de l'épaule vers Arthur qui demeurait silencieux depuis un moment déjà, abîmé dans ses tristes pensées.

« Moi ? fit Arthur. Oh ! moi, mon nom c'est Arthur Accroc. »

Prak eut les yeux qui lui sortirent de la tête. « Sans blague ? glapit-il. Vous êtes Arthur Accroc. Le véritable Arthur Accroc ? »

Il recula en trébuchant, les deux mains sur l'estomac, crispé dans un nouveau paroxysme d'hilarité.

« Eh ! Si je m'attendais à vous rencontrer ! Vous ! » Il haletait. « Mon vieux, s'écria-t-il, vous êtes le plus... waouh ! Vous, vous battez largement les grenouilles ! »

Il riait à gorge déployée. Il se renversa sur le banc, hurlant et rugissant, en pleine hystérie. Il pleurait de rire, battait des jambes, se frappait la poitrine. Graduellement, il se calma, essoufflé. Il les regarda. Il regarda Arthur. Et retomba en arrière, pris d'un nouvel accès d'hilarité. Finalement ; il s'endormit.

Arthur resta planté là, les lèvres pincées, tandis que les autres transportaient à bord un Prak comateux.

« Avant qu'on ne recueille Prak, dit Arthur, je m'apprêtais à partir. C'est toujours mon intention et je crois que c'est ce que je devrais faire aussitôt que possible. »

Les autres opinèrent en silence, un silence qui n'était que légèrement altéré par le bruit lointain et fortement assourdi des éclats de rire hystériques en provenance de la cabine de Prak, tout à l'autre bout du vaisseau.

« Nous l'avons interrogé, poursuivit Arthur, ou du moins vous l'avez interrogé — je ne puis, comme vous le savez, l'approcher — sur tout ce qui est possible et il ne semble vraiment rien savoir d'essentiel. Juste quelques broutilles ; et des trucs sur les grenouilles que j'aime mieux ne pas entendre. » Les autres essayèrent de ne pas avoir l'air narquois.

« Bon… je suis le premier à savoir goûter une plaisanterie », et il dut attendre que les autres cessent de rire pour poursuivre. « Je suis le premier… » Il s'arrêta de nouveau. Cette fois, il s'arrêta et entendit le silence. Et cette fois, c'était effectivement le silence complet, et il était venu fort soudainement.

Prak était calme. Depuis des jours, ils vivaient avec ce rire hystérique qui résonnait constamment dans tout le vaisseau, interrompu seulement parfois par de brèves périodes de petits gloussements et de sommeil. L'âme même d'Arthur en était aux prises avec la paranoïa.

Ce n'était pas le silence du sommeil. Une alarme ronfla. Un coup d'œil au tableau leur indiqua qu'elle avait été sonnée par Prak.

« Il n'est pas bien, dit Trillian. Il s'est complètement ruiné à rire ainsi constamment. »

Les lèvres d'Arthur frémirent mais il ne dit rien.

« On ferait mieux d'aller le voir », dit Trillian.

Trillian sortit de la cabine, arborant un visage sévère.

« Il veut que tu entres », dit-elle à Arthur qui de son côté arborait un air lugubre et pincé. Il enfonça profondément les mains dans les poches de sa robe de chambre en essayant de penser à une réplique qui n'eût pas l'air mesquin. Cela peut paraître terriblement injuste, mais il n'en trouva pas.

« S'il te plaît », dit Trillian.

Il haussa les épaules et entra, prenant avec lui son air lugubre et pincé, malgré la réaction que cela déclenchait immanquablement chez Prak.

Il baissa les yeux sur son bourreau qui gisait calmement attaché sur le lit, épuisé et livide. Sa respiration était très faible. Ford et Zappy se tenaient à son chevet, l'air gêné.

« Vous vouliez me demander quelque chose », dit Prak, d'une voix ténue, et il toussota.

Cette toux suffit à faire se raidir Arthur mais elle passa et il se ressaisit.

« Comment le savez-vous ? » demanda-t-il.

Prak haussa imperceptiblement les épaules et dit simplement : « Parce que c'est vrai. »

Arthur vit où il voulait en venir.

« Oui », fit-il enfin sur un ton passablement las et traînant. « J'avais effectivement une question. Ou plutôt, ce que j'ai, c'est à vrai dire une Réponse. Je voulais savoir quelle était la Question correspondante. »

Prak opina avec sympathie et Arthur se détendit quelque peu.

« C'est… enfin, c'est une longue histoire mais la Question que j'aimerais connaître est la Question Définitive de la Vie, de l'Univers et du Reste. Tout ce qu'on en sait est que la Réponse est Quarante-deux, ce qui ne clarifie pas le problème. »

Prak opina de nouveau.

« Quarante-deux, fit-il. Oui, c'est exact. »

Il marqua une pause. L'ombre de pensées et de souvenirs traversa son visage comme l'ombre des nuages traverse un paysage.

« J'ai peur, dit-il enfin, que Question et Réponse ne soient mutuellement exclusives. La connaissance de l'une exclut logiquement celle de l'autre. Il est impossible de jamais pouvoir connaître l'une et l'autre à propos du même Univers. »

Il se tut de nouveau. La déception se glissa sur les traits d'Arthur pour aller se nicher dans son coin habituel.

« Excepté », dit Prak avec un grand effort pour dégager une pensée, « que si ça arrivait, il semble que Question et Réponse s'annuleraient mutuellement en emportant l'Univers avec elles, qui serait dès lors remplacé par quelque chose d'encore plus bizarrement inexplicable. Il est possible que cela se soit déjà produit, ajouta-t-il avec un faible sourire, mais il règne une certaine Incertitude à ce propos ».

Il fut parcouru d'un petit gloussement.

Arthur s'assit sur un tabouret.

« Oh! bon, dit-il résigné. J'espérais simplement qu'il y aurait quelque espèce de raison.

— Savez-vous, dit Prak, l'histoire de la Raison? »

Arthur dit qu'il ne la savait pas et Prak lui dit qu'il savait qu'il ne savait pas.

Il la lui raconta.

Une nuit, dit-il, un vaisseau spatial apparut dans le ciel d'une planète qui n'en avait jusque-là jamais vu. La planète était Dalforsas, le vaisseau, celui-ci. Il apparut telle une brillante étoile nouvelle, progressant en silence au travers des cieux.

Les Hommes des Tribus primitives qui étaient assis, serrés les uns contre les autres, sur les Froids Coteaux levèrent les yeux de leur bol fumant de breuvage nocturne et pointèrent leur doigt tremblant et jurèrent qu'ils avaient vu un signe, un signe de leurs dieux qui signifiait qu'ils devaient se lever enfin pour aller massacrer les méchants Princes des Plaines.

Dans les hautes tours de leurs palais, les Princes des Plaines levèrent les yeux et virent aussi l'étoile scintillante et y virent l'indiscutable signe de leurs dieux qu'ils devaient aller sans plus tarder régler leur compte à ces maudits Hommes des Tribus des Froids Coteaux.

Et entre les deux, les Habitants de la Forêt levèrent les yeux vers le ciel et virent le signe de la nouvelle étoile et le virent avec crainte et appréhension car bien qu'ils n'eussent jamais rien vu de semblable auparavant, eux aussi savaient avec précision ce qu'il présageait et ils inclinèrent la tête, emplis de désespoir.

Ils savaient que quand venaient les pluies, c'était un signe.

Quand les pluies repartaient, c'était un signe.

Qand le vent se levait, c'était un signe.

Quand le vent tombait, c'était un signe.

Quand dans la campagne naissait à la minuit sous la pleine lune une chèvre à trois têtes, c'était un signe.

Quand dans la campagne naissait à quelque moment de l'après-midi un cochon ou un chat parfaitement conformé sans la moindre complication postnatale, voire simplement un bébé au nez retroussé, c'était là aussi souvent considéré comme un signe.

Aussi ne fit-il pas le moindre doute que l'apparition dans le ciel d'une nouvelle étoile était un signe d'une ampleur particulièrement spectaculaire.

Et chaque nouveau signe signifiait toujours la même chose : que les Princes des Plaines et les Hommes des Tribus des Froids Coteaux allaient encore une fois se foutre sur la gueule.

Ce qui en soi n'était pas si grave, hormis que les Princes des Plaines et les Hommes des Tribus des Froids Coteaux choisissaient toujours de se foutre sur la gueule dans la forêt et que c'était toujours les Habitants de la Forêt qui pâtissaient le plus de ces échanges alors que, pour autant qu'ils sussent, ils n'avaient rien à y voir.

Et parfois, lorsque ces violences avaient particulièrement dépassé les bornes, les Habitants des Forêts envoyaient un messager soit au chef des Princes des Plaines, soit au chef des Hommes des Tribus des Froids Coteaux pour exiger de connaître la Raison de ce comportement intolérable.

Et le chef, quel qu'il soit, prenait à part le messager et lui en expliquait la Raison, avec soin et lenteur, et avec la plus grande attention pour les considérables détails impliqués dans l'affaire.

Et le plus terrible était que c'était une excellente Raison. Très claire, très rationnelle ; solide. Le messager baissait alors la tête et se sentait bien triste et bien bête de ne s'être pas rendu compte à quel point le

monde pouvait être dur et complexe et combien de
difficultés et de paradoxes il fallait affronter si l'on
voulait y vivre.

« Vous comprenez, à présent ? » demandait alors le
chef.

Et le messager d'opiner sans mot dire.

« Et vous voyez la nécessité de ces batailles ? »

Nouveau hochement de tête muet.

« Et pourquoi il faut qu'elles se tiennent dans la
Forêt, et pourquoi c'est dans l'intérêt bien compris de
tous, y compris les Habitants des Forêts, qu'elles s'y
tiennent ?

— Euh...

— A long terme.

— Euh, oui. »

Et le messager comprenait effectivement la Raison et
il s'en retournait vers les siens dans la Forêt. Mais à
mesure qu'il approchait du terme de son voyage, à
mesure qu'il s'enfonçait sous le couvert des arbres, il
s'apercevait que tout ce dont il pouvait se souvenir
c'était à quel point la démonstration lui avait semblé
terriblement claire. Mais sa teneur réelle, il était
totalement incapable de s'en souvenir.

Et ceci, bien sûr, était une vaste consolation lorsque
la fois suivante, les Hommes des Tribus et les Princes
revenaient déferler sur la Forêt, brûlant et saccageant
tout, et massacrant allégrement tous les Habitants
d'icelle sur leur passage.

Prak marqua une pause dans son récit et toussa
pathétiquement.

« J'étais le messager, dit-il enfin, après les batailles
qu'avait précipitées l'apparition de votre vaisseau,
batailles qui avaient été particulièrement sauvages. Un
grand nombre des nôtres avaient péri. Je pensais
pouvoir au moins leur ramener la Raison. Je partis
donc et me la fis conter par le chef des Princes mais sur
le chemin du retour elle m'échappa et fondit dans mon

esprit comme neige au soleil. Ceci remonte à bien longtemps et bien des choses depuis se sont produites. »

Il leva les yeux vers Arthur et gloussa de nouveau tout doucement.

« Il est encore une chose qui me revient du sérum de vérité, en dehors des grenouilles, et c'est le dernier message de Dieu à sa création. Voulez-vous l'entendre ? »

Pendant un moment, ils ne surent pas s'il fallait le prendre au sérieux.

« C'est vrai, hein, leur dit-il. Sûr, je raconte pas d'histoires. »

Sa poitrine se gonfla faiblement et il dut chercher son souffle. Sa tête roula doucement.

« Ça ne m'a pas trop impressionné sur le coup mais à présent que je repense à l'effet qu'avait produit sur moi la Raison donnée par le Prince, et à la vitesse à laquelle j'ai bien pu l'oublier, alors je pense que cela pourrait être beaucoup plus utile. Est-ce que vous aimeriez l'entendre ? Oui ? »

Ils opinèrent sans un mot.

« Je l'aurais parié ! Si ça vous intéresse, vous n'avez qu'à y aller voir. Il est écrit en lettres de feu hautes de dix mètres au sommet des monts Quentin Vikhônte dans le désert de Marchoukrevzy sur la planète Premiumtarn, la troisième autour du soleil Zarss dans le secteur TK-7 NRJ-Gamma. Il est gardé par le Déguste Mua-Donkh XVI-VIII. »

Un long silence accueillit cette déclaration, enfin rompu par Arthur.

« Pardon, mais c'est où ?

— Le message est écrit, répéta Prak, en lettres de feu hautes de dix mètres, au sommet des monts Quentin Vikhônte dans le désert de Marchoukrevzy, sur la planète Preliumtarn, la troisième autour du...

— Pardon, répéta Arthur, quelles montagnes ?

— Les monts Quentin Vikhônte dans le désert de Marchoukrevzy, sur la planète...

— Quel désert ? Je n'ai pas bien saisi...

— Marchoukrevzy, sur la planète...

— Marche ou quoi ?

— Oh ! pour l'amour du ciel » dit Prak avant de mourir, l'air irrité.

Les jours suivants, Arthur réfléchit quelque peu à ce message mais à la fin décida qu'il n'allait pas se laisser obnubiler par ce truc et insista plutôt pour suivre son plan originel qui était de se dénicher une chouette petite planète pour s'y installer et mener une vie retirée et tranquille. Ayant sauvé par deux fois l'Univers en un seul jour, il s'estimait en droit de décompresser un peu pour un temps.

Ils le déposèrent donc sur la planète Kriquète qui était redevenue un monde idyllique et pastoral même si ses chansons lui tapaient de temps en temps sur les nerfs.

Il consacra des heures à voler.

Il apprit à communiquer avec les oiseaux et découvrit que leur conversation était fantastiquement ennuyeuse. Ça ne tournait qu'autour de problèmes de vitesse du vent, d'envergure des ailes, de rapport poids-puissance et (pour une bonne part) de baies juteuses. Malheureusement, découvrit-il, une fois que vous avez appris le langage des oiseaux, vous ne tardez pas à vous rendre compte que l'air est en permanence saturé de ce stupide caquetage de volatiles. Pas moyen d'y échapper.

Pour cette raison, Arthur finit par abandonner le sport et apprit à vivre au sol et à apprécier cette existence, malgré les quantités de caquetage stupide qu'il pouvait y entendre également.

Un beau jour, il marchait à travers champs en fredonnant une ravissante mélodie, entendue récemment, quand un astronef argenté descendit du ciel et atterrit devant lui.

Une écoutille s'ouvrit, une rampe se déploya et un grand extra-terrestre vert-de-gris en sortit à grands pas pour se diriger vers lui.

« Arthur Mart... » commença-t-il, puis il lui jeta un regard perçant et consulta son calepin. Fronça les sourcils. Le regarda de nouveau.

« Vous, je vous ai déjà fait, non ? »

*Achevé d'imprimer en février 1996
sur presse CAMERON
par Bussière Camedan Imprimeries
à Saint-Amand-Montrond (Cher)
pour le compte des Éditions Denoël*

N° d'édit. : 7820. N° d'imp. : 1/315.
Dépôt légal : février 1996.
Imprimé en France